ANTHONY HOROWITZ

LE JOUR DU DRAGON

TRADUCTION D'ANNICK LE GOYAT

IMAGES DE JEAN-NOËL VELLAND

HACHETTE Jeunesse

DU MÊME AUTEUR

AVENTURES FANTASTIQUES :

- *Les portes du diable*
- *La nuit du scorpion*
- *La citadelle d'argent*
- *L'île du Crâne*
- *Le jour du dragon*

AVENTURES POLICIÈRES :

- *Le faucon malté*
- *L'ennemi public n° 2*
- *Signé F.K. Bower*

L'édition originale de cet ouvrage
a paru en langue anglaise
sous le titre
DAY OF THE DRAGON

79, boulevard Saint-Germain, Paris VIe

PREMIÈRE PARTIE

WILL

1

LES CHAUSSURES EN CROCO

Will Tyler entra dans Hyde Park à 15 h 07 précises.

Les deux hommes assis dans la camionnette bleue, parquée derrière les grilles de Queen's Gate, le repérèrent les premiers. Tous deux étaient chinois, jeunes, vêtus de jeans et de sweatshirts. Will n'y avait pas prêté attention. Pourtant, ils se garaient exactement à la même place et à la même heure depuis trois jours. Dès qu'il eut franchi la grille, l'un des hommes prit le micro d'une radio mobile et annonça brièvement :

« Le voilà. »

Deux cents mètres plus loin, debout près d'un banc du parc, un troisième homme, lui aussi chinois, entendit le message et rangea son récepteur radio dans la poche de son costume de lin blanc. Plus âgé que les deux autres, cinquante ans environ, il avait un visage sombre et émacié, et un regard plein de lassitude. Il portait une paire de chaussures en crocodile toutes neuves, qui étaient trop serrées. Elles couinèrent quand il approcha du banc, et couinèrent encore quand il s'assit.

Le Chinois se mit à compter les secondes dans sa tête, sachant exactement à quel moment Will apparaîtrait. C'était la quatrième fois qu'il procédait ainsi. Il avait insisté pour faire trois répétitions afin d'éviter toute fausse manœuvre. C'était trop important. Le garçon avait trop de prix. Aucune erreur n'était permise.

« Trente-trois, trente-quatre, trente-cinq... »

Les lèvres de l'homme formaient les mots sans émettre aucun son. Puis Will apparut, traversa l'allée cimentée qui entourait l'Albert Memorial, et s'engagea dans le parc. Il frôla presque le Chinois mais le remarqua à peine. D'ailleurs, s'il l'avait vu, qu'en aurait-il pensé ? Un Londonien comme tant d'autres, peut-être un restaurateur ou un homme d'affaires, profitant du soleil de l'après-midi.

Le Chinois attendit qu'il fût passé, puis sortit de sa poche la photo polaroïd d'un jeune garçon d'environ treize ans, petit et mince, avec une touffe de cheveux noirs comme du jais soigneusement peignés. La photo avait été prise un mois plus tôt en cachette avec un appareil dissimulé. Un morceau de tissu voilait un coin du cliché et le visage, saisi en mouvement, était légèrement flou. A vrai dire, l'homme n'avait nul besoin de la photo. Il aurait reconnu Will Tyler partout. Mais il avait besoin de se rassurer.

Il n'y avait aucune erreur possible.

C'était bien ce garçon-là.

Il observa Will qui effectuait quelques exercices d'assouplissement sur la pelouse, entre le banc et le lac artificiel connu sous le nom de Serpentine. Il se dit que la photographie ne rendait pas justice au modèle. Elle ne montrait pas sa souplesse, sa vivacité de mouvement. Et les couleurs chimiques de la pellicule ne rendaient absolument pas le bronze de sa peau ni le vert extraordinaire de ses yeux. Les pupilles larges et luisantes, le grain de la peau ne trompaient pas : quoique ce corps fût désormais celui d'un citoyen britannique, il n'avait rien d'anglais.

Will Tyler était né au Vietnam. Le Chinois savait sur lui ce que tout le monde savait, mais guère plus. Le certificat de naissance n'indiquait pas qui étaient ses parents, ni pourquoi ils l'avaient abandonné. On l'avait amené dans un orphelinat au beau milieu d'une tempête tropicale et déposé devant la porte. Pourtant, quand on l'avait découvert, il n'était pas mouillé. Encore un autre mystère.

L'orphelinat ayant été fermé au moment de la guerre du Vietnam, on avait évacué les bébés vers Singapour pour les mettre à l'abri. Là, la chance de Will avait tourné. Un riche couple d'Anglais, Edward et Jane Tyler, avaient décidé de l'adopter. Ils lui avaient donné un nom et l'avaient ramené en Angleterre. Cela s'était passé douze années auparavant.

Lentement, le Chinois déchira la photographie en quatre carrés égaux. Tant de choses avaient changé depuis... Les parents adoptifs de Will s'étaient séparés. Jane Tyler vivait désormais au Canada et le jeune garçon la voyait rarement. Quant à Edward Tyler, quelle sorte de père était-il ? Depuis neuf mois, il travaillait à Hong-Kong, au siège social de la Première Banque Mondiale, et laissait Will sous la garde d'une gouvernante dans leur maison de Kensington.

Mais des changements plus importants allaient se produire. Le Chinois baissa les yeux sur les morceaux de cliché dans le creux de sa main. Déchirés... Et il allait faire de même avec la vie de Will Tyler.

Will s'élança sur l'allée cimentée, le vent dans le dos, les manches relevées, la tête haute. Il courait la même distance cinq fois par semaine. Ce n'était pas du *jogging,* comme s'entêtait à l'appeler la gouvernante. Le *jogging,* voilà qui était bon pour les hommes d'affaires bedonnants. Non. Les quatre kilomètres autour du lac que Will parcourait en moins de quinze minutes, c'était la liberté, l'évasion, le soulagement. Il ne faisait pas du *jogging,* il courait.

Will avait besoin d'exercice. Hors de la maison, seul, à l'air libre, c'était le seul moment où il se sentait pleinement maître de lui. Pour réfléchir, il avait besoin de courir. Et, ce jour-là, il avait beaucoup de choses en tête.

Les vacances de Pâques venaient de commencer. Dans cinq heures, il allait s'envoler de l'aéroport d'Heathrow pour rejoindre son père à Hong-Kong, de l'autre côté du globe. Depuis des jours il rêvait de temples remplis d'odeurs d'encens et de bimbeloterie exotique, de fumeries d'opium et de dragons. Il retournait vers l'Orient, là où il était né. Alors pourquoi ce manque d'enthousiasme, à présent ?

Will dépassa en courant le hangar à bateaux et franchit le pont qui enjambait le lac. Il était à mi-parcours et lancé à pleine vitesse.

En vérité, depuis quelques années, Will voyait de moins en moins Edward Tyler. Ils s'écrivaient, se téléphonaient, se rencontraient à Noël et lors de rares week-ends entre des rendez-vous d'affaires. Will disposait de tout ce dont il avait besoin, et même plus. Mais cela ne masquait pas le fait qu'il ne connaissait presque plus l'homme qui l'avait adopté. La banque de Hong-Kong semblait l'avoir englouti corps et âme, et Will s'apercevait qu'il redoutait presque de le revoir. Il allait quitter ses amis de Londres pour aller vers quoi ? Un endroit inconnu et un homme qui lui était devenu étranger.

Will parcourut son trajet en moins de temps que d'habitude. Jamais il n'avait couru si vite. Il s'arrêta, haletant, les mains sur les genoux, le visage ruisselant de sueur. Après être resté ainsi pendant quelques minutes, laissant le vent lui rafraîchir le front, il tourna le dos au lac et reprit le chemin par lequel il était arrivé.

Couic, couic, couic...

Will ne se retourna pas, mais il prit soudain conscience qu'il avait déjà entendu ce couinement. Tous les jours de la semaine. Sur le chemin du parc, dans la rue, en rentrant chez lui. Pourtant il venait seulement de l'identifier : c'était un bruit de chaussures neuves. Quelqu'un le suivait.

Son allure resta égale, mais son esprit s'emballa. Était-ce quelqu'un de l'école qui lui jouait un tour ? Non, impossible. Il s'arrêta pour se retourner, d'un geste délibéré. Un homme marchait à une dizaine de mètres derrière lui, un Chinois en costume blanc. Mais l'homme ne semblait pas du tout s'intéresser à lui. Une coïncidence, rien de plus. Will reprit sa route en bifurquant à gauche à un croisement. Couic, couic, couic... Les chaussures empruntèrent le même chemin.

L'immense monument funéraire de l'Albert Memorial, avec ses arches et ses tourelles pointues, se dressa devant lui. Will avait presque atteint la grille de Queen's Gate et la sortie du parc. Devant il aperçut une camionnette bleue, garée le long de la pelouse. Sur le côté on pouvait lire une publicité en lettres rouges, en anglais et en chinois : LOTUS BLANC — TRAITEUR. A son approche, les portières s'ouvrirent. Deux Chinois descendirent et allèrent ouvrir la porte arrière.

Deux hommes devant. Un derrière. Will vit le piège au moment où il se refermait sur lui.

Il y eut un bruit de pas précipités dans son dos, et quelqu'un le saisit au bras et à la gorge. Il voulut crier, mais la prise était trop serrée. On le propulsa en avant vers les portes ouvertes de la camionnette prêtes à l'engloutir. Le traquenard avait été soigneusement préparé. Il n'y avait personne en vue. L'allée était masquée par une haie d'arbustes. L'affaire serait réglée en quelques secondes. Saisi de frayeur, Will s'aperçut que l'un des hommes de la camionnette tenait une seringue hypodermique munie d'une aiguille d'au moins dix centimètres de long, et que son pouce était déjà sur le poussoir. L'homme qui immobilisait Will le força à tendre son bras pour recevoir l'injection qui allait l'envoyer au pays des songes.

C'est alors que les réflexes de Will se réveillèrent. Il restait à peine quelques secondes. Déjà, on le poussait vers l'aiguille... Will commença par s'arc-bouter en arrière puis, changeant soudain de tactique, il bondit en avant tout en pivotant. Surpris, l'homme aux chaussures en croco fut emporté par son propre élan et alla percuter l'homme à la seringue. Will eut la satisfaction de voir l'aiguille lui perforer la poitrine à travers sa veste de lin blanc. Le Chinois poussa un cri et lâcha le cou de Will. Celui-ci put se dégager et, vif comme l'éclair, décocha un violent coup de pied sur le nez du troisième homme, qui alla s'affaler à l'intérieur de la camionnette. Will s'enfuit en courant.

Il quitta le parc, descendit jusqu'à Kensington sans ralentir, s'élança dans la ruelle juste derrière la station et continua de courir jusqu'à ce qu'il fût en sécurité dans la maison de son père. Là, il verrouilla la porte derrière lui, grimpa quatre à quatre les deux étages... et ne s'arrêta qu'une fois arrivé dans sa chambre. Le cœur battant, il se jeta sur son lit.

La chambre de Will se trouvait en haut de la maison, sous les combles, et les murs suivaient la pente du toit. Le jeune garçon l'avait décorée d'affiches de films et de groupes rock. Six mois plus tôt, il avait horrifié la gouvernante en décidant de la peindre en rouge. La peinture, à présent, était à moitié terminée. Des pots s'empilaient dans un coin pour lui rappeler le travail qui restait à faire.

Will resta allongé sur son lit une vingtaine de minutes, cerné par les embrasements de peinture rouge des murs. Trois hommes venaient de l'agresser. On avait tenté de le droguer et de l'enlever dans une camionnette. Pourquoi ?

Voulaient-ils une rançon ? Étaient-ce des maniaques ? Ou bien l'avaient-ils pris pour quelqu'un d'autre ?

Appeler la police !

Will savait qu'il devait le faire. Mais en s'approchant du téléphone, il comprit que ce n'était pas possible. Malgré ses quatorze ans, il jouissait d'une liberté assez limitée. On ne le laissait sortir seul dans Londres que parce qu'il avait insisté. Si son père apprenait qu'on avait tenté de le droguer ou de le kidnapper, il passerait le restant de sa vie sous surveillance.

A 20 h 15 il s'envolerait pour Hong-Kong. Du moins, s'il gardait son secret. Car s'il prévenait la police, on lui poserait des questions. Et peut-être s'écoulerait-il plusieurs jours avant qu'on le laisse quitter le pays. Or il ne lui restait que deux semaines de vacances avant la reprise du troisième trimestre. Soudain, Will se rendit compte à quel point il avait attendu ce voyage. Un bond de plusieurs milliers de kilomètres jusqu'à l'extrême limite de la Chine. Un voyage de rêve, un voyage que l'on ne fait qu'une fois dans sa vie, un voyage que l'on ne peut risquer de gâcher.

Le vol BA 217 de la British Airways quitta l'aéroport d'Heathrow à 20 h 15. Le billet était offert par la Première Banque Mondiale, et Will était assis à l'avant, en première classe. L'avion était un Jumbo Jet 727. Will assista au décollage, le front collé contre le hublot. Très vite, Londres devint une nuée de diamants miroitant dans le crépuscule. Il laissait là-bas le cauchemar de l'après-midi. C'était fini.

Du moins le pensait-il.

Tout au fond de la classe économique de l'avion, un Chinois en costume de lin blanc se trémoussait sur son siège pour étirer ses jambes dans l'allée. Une hôtesse faillit trébucher sur ses pieds alors qu'elle servait des boissons.

L'homme portait des chaussures en croco.

2

AGENTS DE LA SÉCURITÉ

Les signaux « Défense de fumer » et « Attachez vos ceintures » s'étaient allumés. Piquant du nez, le Jumbo Jet 727 perça la couche de nuages et entama sa descente sur l'aéroport Kai Tak de Hong-Kong.

La première vision que Will eut de la ville ne correspondait pas du tout à ce qu'il attendait. Hong-Kong se dressait comme une immense forteresse de verre et d'acier, cernée par une mer plate et immobile. Jamais il n'avait vu tant d'immeubles dans un si petit espace. Tout autour, des dizaines de bateaux griffaient la surface de la mer de lignes blanches très fines, comme s'ils essayaient de la fendre pour se faufiler à l'intérieur. Will identifia des silhouettes de grues flottantes, de pétroliers, de cargos, de chalutiers de pêche. Mais la ville les retenait tous dans sa baie.

Puis l'avion plongea et se précipita à la rencontre de l'eau. L'espace d'un instant, Will crut à une sorte de course suicide. Il avait entrevu l'aéroport de l'autre côté de la ville, surgissant de la mer. Mais pour l'atteindre, le pilote devait survoler Hong-Kong en se faufilant dans le labyrinthe d'immeubles d'habitation et de bureaux. C'était impossible. Les ailes allaient être arrachées. Ils seraient tous tués.

Le Jumbo piqua droit sur la première rangée d'immeubles, un pâté de logements si vétustes et si sordides qu'on aurait pu les croire désertés, sans la forêt d'antennes de télévision qui hérissaient les toits et le linge lavé de frais qui pendait devant les fenêtres comme des guenilles. L'avion frôla les toits en grondant, si près que Will crut sentir le train d'atterrissage toucher les antennes. L'appareil continuait de plonger. Le hublot de Will se remplit soudain de la figure souriante d'un cow-boy, une cigarette entre les lèvres. BIENVENUE AU PAYS DE MARLBORO. C'était un immense panneau publicitaire. Pour un peu, l'aile de l'avion aurait déchiré l'affiche. Et le Jumbo Jet plongeait encore... Les gratte-ciel défilaient sous eux, rangée après rangée, comme des châteaux de cartes. L'aéroport de Kai Tak était niché au milieu d'eux. La piste s'ouvrit soudain pour les recevoir. Deux rebonds, un hurlement des réacteurs, un brusque ralentissement. Ils venaient d'atterrir à Hong-Kong.

Les passagers se levèrent pour récupérer leurs affaires, mais Will resta à sa place pour regarder les véhicules de service traverser la piste rose dans sa direction. Un serpent de chariots, un camion de carburant, une courroie de transport pour les bagages. Tout cela était parfaitement normal, alors pourquoi se sentait-il soudain mal à l'aise ? Un nuage venait de voiler le soleil et, dans l'ombre, tout paraissait différent. Les machines étaient devenues des insectes venant dévorer la carcasse de l'avion. Et les mécaniciens chinois, dans leurs combinaisons jaunes et bleues, ressemblaient à des marionnettes animées par des fils invisibles. Will ne savait pas s'il dormait ou s'il était bien réveillé. Puis le nuage passa. Sur la piste l'activité continua. Will secoua la tête, défit sa ceinture de sécurité et se leva.

« William Tyler ? »

Une hôtesse avait remonté l'allée à sa rencontre.

« Oui ?

— Je dois vous escorter jusqu'au hall d'arrivée.

— Inutile, répondit Will qui détestait être traité comme un enfant. Je trouverai le chemin tout seul.

— Non, vous ne comprenez pas. J'ai des instructions. »

L'hôtesse respirait bruyamment. Will s'étonna de ne pas l'avoir remarquée quand il était monté dans l'avion. D'où venait-elle ? Quoi qu'il en soit, ce n'était pas la peine de discuter.

« Nous sortirons après les autres passagers », décida-t-elle.

Will fut le dernier à quitter l'avion. Quand il arriva au terminal, tous les autres passagers s'étaient déjà fondus dans la foule. Sans un mot, l'hôtesse lui fit rapidement franchir les postes de douane et de contrôle des passeports. Elle fuyait son regard, comme s'il lui faisait peur.

Le hall des arrivées était comble. Il y avait des gens partout, Asiatiques et Européens, qui baragouinaient dans au moins une douzaine de langues différentes. Will scruta la foule, le cœur battant. Bien qu'il fût quatre heures de l'après-midi, heure locale, il était certain que son père aurait quitté son bureau pour venir l'accueillir. Tout autour de lui, des gens poussaient des cris en se jetant dans les bras les uns des autres. Will resta seul avec sa valise. Aucun signe d'Edward Tyler.

« Ici ! »

L'hôtesse se figea en pointant le bras.

« Je ne vois pas... », commença Will.

Mais elle avait déjà tourné les talons.

Alors Will vit son nom, écrit en grosses lettres sur un panneau blanc, brandi au-dessus de la foule par une main gantée. Vu la hauteur du panneau, celui qui le tenait devait être perché sur une chaise ou sur autre chose. Pourtant, lorsque Will s'approcha, il s'aperçut que l'homme avait les deux pieds par terre... S'il dépassait tout le monde, c'était tout simplement parce qu'il mesurait environ deux mètres.

L'homme en question, un Noir, vêtu d'une tenue de chauffeur complète, portait une casquette à visière et des lunettes noires. Jamais Will n'avait vu un tel colosse. Sous les vêtements on imaginait des muscles épais comme des troncs d'arbres. Même les doigts qui tenaient la pancarte étaient énormes. Son visage était parfaitement neutre. Avec les lunettes masquant son regard, on n'était pas certain qu'il fût même humain.

L'homme n'était pas seul. Près de lui, une femme était assise, jambes croisées, sur ce qui avait dû être un chariot à bagages. « Avait dû », en effet : son chauffeur l'avait tordu et reformé pour en faire une sorte de fauteuil en métal. La femme tricotait quelque chose qui ressemblait à une écharpe. Les deux aiguilles en acier cliquetaient l'une contre l'autre. En apercevant Will, elle se figea et leva la tête.

« Vous devez être William Tyler ! s'exclama-t-elle d'une voix forte et aiguë. Sinon, vous n'avez rien à faire là. Alors ?

— Oui, c'est moi, admit Will. Est-ce mon père qui vous envoie ?

— Moi ? Non, je ne suis pas quelqu'un qu'on envoie. Je m'appelle Erica Mortiss », dit-elle en tendant la main.

Elle était grande et maigre, un ensemble d'os enveloppés d'une peau trop étroite pour eux. Ce qui avait pour effet d'allonger ses yeux et d'étirer sa bouche, exagérément grands pour son visage. Ses cheveux étaient curieusement décolorés, d'un gris boueux, et tombaient en deux pans figés de chaque côté de sa tête. Elle portait un tailleur en soie gris, avec une rangée de perles autour de son cou tendu et nerveux. Sa bouche enfin, laquée d'une couche de rouge brillant, ressemblait à un monstrueux insecte perché là pour dévorer sa chair blanche et morte.

En lui serrant la main, Will se sentit étourdi et pris de nausée, comme si on l'avait vidé de ses forces.

« Où est mon père ? demanda-t-il.

— Il ne pouvait pas venir, mon cher petit, répondit Erica Mortiss. Il a dû partir précipitamment et je me suis offerte pour le remplacer. Oh... heu... avec Lloyd, ajouta-t-elle en désignant le chauffeur. Voici Lloyd. Mais ne lui serrez pas la main, il risquerait de vous l'arracher. L'ennui, avec Lloyd, c'est qu'il ne connaît pas sa force.

— Bonjour, Lloyd, dit Will.

— Il ne peut pas parler non plus, poursuivit

Erica. Et il est pour ainsi dire sourd. En vérité il n'est pas bon à grand-chose. »

Elle s'arracha de son siège et commença à se diriger vers la sortie. Tout en la suivant, Will s'interrogea sur son âge. A première vue, elle paraissait au moins soixante ans, mais elle marchait comme une femme de trente. Devant eux, une porte vitrée s'ouvrit automatiquement. Will suivit Erica Mortiss sur le trottoir.

« Attendons ici pendant que Lloyd va chercher la voiture », décréta-t-elle.

Lloyd s'était chargé de la valise de Will. Il la déposa par terre et s'éloigna d'un pas nonchalant en direction d'un parking couvert. Erica Mortiss avait allumé une cigarette. Elle avalait goulûment la fumée mais, bizarrement, ne l'expirait pas.

« Est-ce que vous travaillez... avec mon père ? » demanda Will.

Il s'était retenu de dire « pour » mon père.

« Non, répondit-elle en avalant une bouffée de fumée. Mon mari est le président-directeur général de la Première Banque Mondiale.

— Où est mon père ?

— Pas en ville. Il travaille ».

Hors de l'aéroport où l'air était conditionné, l'atmosphère était humide et lourde. Will sentait sa chemise lui coller à la peau, et une envie soudaine lui vint de prendre une douche et de se changer.

Et Hong-Kong ? D'où il était, il ne pouvait rien

voir. Le parking obstruait la vue. Will s'éloigna de quelques pas sur le trottoir.

« Que faites-vous ? lança Erica Mortiss d'un ton froid et cassant, en tordant le cou pour l'observer.

— Eh bien, je... », bafouilla Will avec un geste d'impuissance.

Quelles explications avait-il à lui donner, après tout ? Et quelle importance cela avait-il ?

« Vous quoi ? » gronda-t-elle d'un air furieux.

Puis, lentement, elle parut se détendre.

« Restez auprès de moi, mon cher William. Hong-Kong est un endroit dangereux. Vous ne voulez pas vous perdre, n'est-ce pas ? »

Un avion tournoya dans le ciel, prêt à atterrir. Ses moteurs vrombissaient. Au même instant, Will crut entendre une voix et, sans en être sûr à cause du vacarme, il lui sembla que cette voix criait son nom. Il se retourna. La chaussée grouillait de gens qui assaillaient autobus, voitures et taxis, les bras chargés de sacs de boutiques hors-taxes et de valises. Mais personne ne paraissait s'intéresser à lui. Il avait dû rêver.

C'est alors qu'il remarqua une jeune Chinoise, à peine plus âgée que lui. Vêtue d'un pantalon ample et d'une sorte de blouse, elle se tenait en face de lui, de l'autre côté de la rue. Il n'était pas certain que ce fût elle qui l'eût appelé, mais elle semblait vouloir lui parler. Elle agita la main à son intention, tout en regardant autour d'elle pour s'assurer que personne ne la remarquait.

Intrigué, Will fit un pas sur la chaussée. Il n'alla pas plus loin.

Du coin de l'œil, il avait aperçu Erica Mortiss faire un geste avec sa cigarette, un geste anodin, comme si elle chassait une mouche. Mais, une seconde plus tard, des pneus hurlèrent et une voiture de police surgit de nulle part. La jeune Chinoise se figea et Will lut la panique sur son visage. Elle lui jeta un dernier coup d'œil avant de tourner les talons pour disparaître dans le parking. La voiture de police stoppa juste devant eux. Les portières s'ouvrirent et trois hommes jaillirent, vêtus de l'uniforme noir et argent de la police de Hong-Kong. Tous trois étaient armés et brandissaient déjà leurs pistolets au canon court et retroussé.

La jeune Chinoise se déplaçait très vite et se dissimulait entre les voitures du parking. Que lui voulaient les policiers ? Sans même s'arrêter pour crier un avertissement, ils la prirent pour cible, jambes écartées, arme pointée. Will sursauta en entendant les coups de feu. Mais la fille courait trop vite et il fut soulagé de la voir s'enfoncer dans l'ombre. Une portière claqua et, l'instant d'après, une voiture bondit vers la sortie opposée du parking, dévalant la pente qui menait à la route principale.

Il suffit de quelques secondes aux policiers pour s'élancer à sa poursuite. La foule s'éparpilla pour laisser passer leur voiture, puis se massa de nouveau. Will les regarda partir. Il lui semblait improbable qu'ils pussent rattraper la fille, et il en était heureux, sans savoir pourquoi.

Mme Mortiss lui tapota l'épaule. Lloyd venait d'apparaître au volant d'une Mercedes grise. Aucun d'eux ne montrait la moindre émotion, *pas plus que quiconque, d'ailleurs.* Comme si rien ne s'était produit...

La voiture s'engagea dans Hong-Kong, mais Will ne voyait rien. Il se repassait seulement la scène de l'aéroport, inlassablement. Au bout de vingt fois, il réalisa que quelque chose clochait dans cette ville bourdonnante.

Une quarantaine de personnes se trouvaient devant l'aéroport au moment des coups de feu. Beaucoup d'autres entraient ou sortaient du parking dans des voitures. Mais personne ne s'était arrêté. Personne n'avait manifesté le moindre intérêt. Une jeune fille avait failli être tuée devant leurs yeux ; pourtant les habitants de Hong-Kong n'y avaient pas plus prêté attention que si elle s'était arrêtée pour renouer ses lacets.

Will se pencha en avant.

« Madame Mortiss ?

— Oui, mon cher William ? »

Assise à l'avant, à côté de Lloyd, elle le regardait par-dessus son épaule.

« Pourquoi les policiers ont-ils tiré sur cette fille ? la questionna Will. Que s'est-il passé ? »

Erica Mortiss le dévisagea comme s'il venait de poser une question stupide, et haussa les épaules.

« Ce sont les agents de la sécurité de l'aéroport, dit-elle.

— Mais... »

Will avait bien d'autres questions. Mais à quoi bon ? Erica Mortiss lui avait déjà tourné le dos, reprenant son tricot.

3

AIGRE-DOUCE

Edward Tyler habitait un appartement avec terrasse, au sommet d'une colline qui surplombait Hong-Kong. Wisdom Court était un nouveau quartier luxueux, entouré de jardins et d'arbres, avec une piscine et des courts de tennis privés. L'appartement lui-même était immense, avec trois chambres, deux salles de bains, et un salon presque assez grand pour jouer au tennis si on n'avait pas le courage de descendre les quinze étages par l'ascenseur. Bien installé dans un des canapés en cuir de cet endroit spacieux, on pouvait difficilement croire que Hong-Kong était l'île la plus surpeuplée du monde et que, quelques centaines de mètres à peine au bas de la colline, vivaient des familles entières forcées de loger dans une seule pièce. Mais, Will était obligé de l'admettre, la Première Banque Mondiale choyait ses collaborateurs.

Erica Mortiss avait envoyé Lloyd dans la cuisine chercher du jus d'orange. Puis elle avait rapidement montré l'appartement à Will : il était prévu que Lloyd resterait avec lui.

« Je me débrouillerai très bien tout seul, protesta Will.

— Mon cher William, si vous contestez tout ce que je dis, cela va devenir très pénible...

— Mais je peux veiller sur moi.

— Non. Moi je vais veiller sur vous. »

Pendant quelques secondes ses yeux étincelèrent de fureur et les coins de sa bouche se tordirent. Puis elle se détendit.

« Soyez gentil et faites ce qu'on vous demande, William, reprit-elle. Et tâchez de ne pas me causer de problèmes. »

Will se laissa tomber sur une chaise.

« Vous ne m'avez toujours pas dit où est mon père, murmura-t-il.

— Il travaille.

— Où ?

— A Singapour. Je crois qu'il a pris l'avion avant-hier. Dommage. Vous l'avez manqué de peu. »

Ainsi donc, il avait quitté le pays ! Will eut un pincement au cœur. Les vacances de rêve avaient très vite tourné au cauchemar, et il lui restait quatorze jours à les subir. Il se leva pour s'approcher de la fenêtre, le dos tourné à Erica.

Le soir commençait à tomber. Tout Hong-Kong s'étendait à ses pieds. Malgré lui, un frémissement d'excitation parcourut Will et les ombres de l'après-midi semblèrent s'effacer. Finalement, il se sentait heureux d'être là. Et malgré un mauvais début, il saurait tirer le meilleur de son séjour.

Le flanc de la colline descendait de façon abrupte, recouvert sur environ quatre cents mètres par un enchevêtrement très dense d'arbres et de buissons vert sombre. Puis venait une ligne très nette qui marquait la fin de la végétation et le début de la ville. Les premiers immeubles se dressaient comme une muraille. Jamais Will n'avait vu tant de gratte-ciel dans un si petit espace. Longs et rectangulaires, courts et carrés, circulaires ou triangulaires, ils ne semblaient pas avoir été prémédités mais plutôt jetés au hasard. Et d'autres se construisaient, se frayant une voie au milieu de la jungle de verre et de béton. Des grues transportaient des poutrelles par-dessus la ville. Des fers à souder jetaient des éclairs étincelants sur des squelettes d'acier.

Tel était le centre de Hong-Kong. Derrière s'étirait la mer, argentée sous la lumière du soir. Malgré l'heure tardive, des dizaines de bateaux traversaient le port, glissant lentement dans toutes les directions, laissant à peine une ride dans leur sillage. C'était la seule animation visible, car les immeubles masquaient complètement les rues. Il ne semblait y avoir de vie que sur l'eau.

De l'autre côté de la baie se trouvait Kowloon, qui faisait partie de Hong-Kong tout en en étant séparé. C'était le quartier des boutiques bon marché et des hôtels miteux, où des milliers de touristes venaient marchander des montres, des caméras, de l'or, des diamants, faux pour la plupart. Déjà les néons scintillaient au loin pour attirer les clients...

Hong-Kong. Le point de contact entre l'Orient et l'Occident. Will était perché au-dessus. Il se tenait littéralement sur le toit du monde.

Lloyd rapporta un plateau avec deux verres de jus d'orange.

« Vous avez faim, William ? demanda Erica Mortiss.

— Oui. »

Will avait faim. Il ne savait pas très bien quelle heure il était, car le voyage avait perturbé tous ses repères, mais il savait qu'il avait envie de manger.

« Mon mari est occupé, ce soir », précisa Erica Mortiss en prenant son verre de jus d'orange.

Will remarqua alors, pour la première fois, la longueur impressionnante de ses ongles, qui se recourbaient autour du verre comme des serres.

« Nous pourrons donc dîner ensemble, vous

et moi, poursuivit-elle en feignant de porter un toast. J'espère que vous aimez la cuisine chinoise. »

Quelques instants plus tard, ils descendaient par l'ascenseur jusqu'au parking souterrain de Wisdom Court, passaient devant le gardien et franchissaient la grille électronique. Les appartements étaient vraiment bien gardés. « Pour empêcher les gens d'entrer, ou m'empêcher de sortir ? » se demanda Will. Erica Mortiss choisit un restaurant dans le district Wanchai de Hong-Kong, un quartier tellement éclairé qu'on avait l'impression de rouler au milieu d'un feu d'artifice pétrifié. Bars, hôtels, boîtes de nuit, restaurants, chaque établissement arborait une enseigne lumineuse qui se voulait plus grosse et plus voyante que celle du voisin.

Lloyd gara la voiture devant un restaurant qui s'appelait *Le Requin d'Or*. Un requin jaune lumineux, deux fois grandeur nature, nageait dans du néon au-dessus de la porte d'entrée. Erica Mortiss descendit de voiture, attendit Will, et s'engouffra dans le restaurant. Vaguement inquiet de ce qu'on allait lui servir, Will la suivit.

Il eut l'impression de pénétrer dans un requin géant. Le restaurant était long et étroit, avec des murs arrondis et des chevrons qui pouvaient passer pour une cage thoracique de poisson. Il y avait une telle buée dans l'air que l'humidité s'égouttait du plafond, et que le sol était rougi

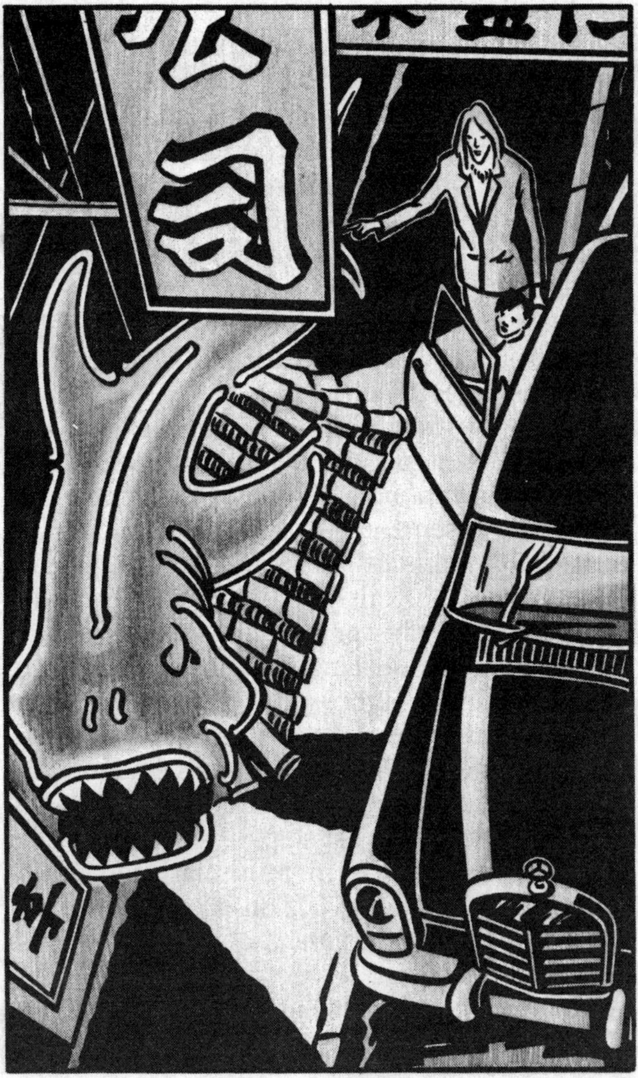
司

par le reflet des lanternes couvrant les murs. Une centaine de personnes dînaient en bavardant à voix basse, autour de tables disposées dans des alcôves. Deux serveurs, les bras surchargés de plateaux argentés, contournèrent Will en s'évitant de quelques centimètres. Derrière la porte battante de la cuisine qui s'ouvrit soudain, il entrevit un cuisinier en train de secouer une poêle au-dessus d'une grande flamme.

On avait conduit Mme Mortiss à une table située tout au fond de la salle. La queue du requin, songea Will.

« Vous êtes sûr d'aimer la cuisine chinoise, mon ami ? s'enquit-elle quand Will fut assis.

— Oui », répondit Will en ouvrant le menu.

Malheureusement, aucun des plats n'était traduit en anglais. Il observa sa compagne. Mme Mortiss dévorait littéralement les noms des plats, les yeux plus grands que jamais, laissant passer un bout de langue pointue et luisante entre ses lèvres. Ignorant Will, elle appela le serveur pour passer la commande. Elle parut demander de nombreux plats, mais évidemment Will ne saisit pas un seul mot.

« C'est amusant, n'est-ce pas ? s'exclama-t-elle, une fois le serveur parti. Mon mari tient beaucoup à ce que vous passiez un excellent séjour à Hong-Kong. C'est dommage que vous restiez si peu de temps. Oui, si peu de temps », répéta-t-elle avec un gloussement, comme si elle riait d'une mystérieuse plaisanterie.

Dix minutes après, les plats arrivèrent.

Le premier offrait une ressemblance suspecte avec un canard mort. Will l'examina de plus près. C'était bel et bien un canard mort, étendu sur le dos, les pattes en l'air. Erica Mortiss arracha une des pattes en annonçant : « Patte de canard rissolée. » Elle la décortiqua avec ses dents. Un second mets arriva. Celui-là se composait de plusieurs morceaux caoutchouteux flottant dans un liquide blanc. Will se servit prudemment. « Calamars frits au lait », précisa Erica Mortiss. Will lâcha sa cuiller, l'estomac soudain rétréci.

« Et voici la panse farcie au gingembre et oignon ! » s'exclama Erica Mortiss quand le serveur apporta le troisième plat.

Et les mets continuèrent de se succéder, chacun plus horrible que le précédent. A la fin, ce fut le maître d'hôtel en personne qui apporta un énorme plat argenté dont il souleva fièrement le couvercle. A l'intérieur se trouvait une chose très longue et visqueuse, enroulée sur elle-même et baignant dans une sauce rouge.

« Mon plat préféré ! s'écria Erica Mortiss. Serpent à la sauce aigre-douce ! »

Elle se pencha pour fouiller dans son sac. Un instant, Will crut qu'elle allait se remettre à tricoter, mais elle sortit seulement ses aiguilles, les plaça dans sa main droite, et plongea dans le plat. Will l'observait, fasciné. Les aiguilles, transformées en baguettes, piquèrent un morceau de serpent et le portèrent à ses lèvres écarlates. Jamais il n'avait vu quelqu'un manger ainsi. La bouche d'Erica Mortiss se transformait en une sorte de broyeur qui malaxait la nourriture avant de l'engloutir, et capable d'enfourner d'énormes morceaux. Pour sa part, Will parvint tout juste à avaler un peu de riz, avec (du moins l'espérait-il) de la sauce au soja.

« Demain, je vous montrerai Hong-Kong, promit Erica Mortiss. Je sens que nous allons passer de bons moments ensemble. J'en suis même certaine. Je vous en prie, William chéri, mangez. Voyons, goûtez une cuiller de ces yeux de poisson... »

Ce soir-là Will se coucha affamé, et il resta longtemps éveillé dans l'obscurité. Les événements des dernières quarante-huit heures ne cessaient de défiler devant ses yeux, toute une série d'images qui n'avaient aucun sens. Les trois Chinois dans Hyde Park. Les policiers de l'aéroport. Erica Mortiss et ses aiguilles à tricoter. La Première Banque Mondiale.

Il finit par s'endormir. Et le rêve surgit...

Il se trouvait sur une plage, à minuit. Une plage où il était déjà venu. Là-haut, la pleine lune éclairait un ciel sans nuages, et sa froide lumière blanche illuminait le paysage, rendant les ombres plus noires encore. Derrière lui, Will distinguait ses propres empreintes enfoncées dans le sable mouillé. Il était venu seul, mais des gens l'attendaient.

C'étaient des garçons de son âge et, bien qu'il ne les eût jamais rencontrés, il connaissait leurs prénoms. Les jumeaux Jeremy et Nicholas. Pedro, un garçon sud-américain. Et, un peu à l'écart, Martin Hopkins.

« Nous t'attendions, dit Martin.

— Pourquoi ? »

Ce n'était qu'un rêve, bien sûr, pourtant Will sentait la fraîcheur de l'air salin sur ses joues.

« Nous devions te trouver. Tu es le cinquième des Cinq. Tu complètes le cercle.

— Quel cercle ? Je ne comprends pas.

— Tu dois comprendre, Will. Tu cours un danger, un grave danger. Je vais te rejoindre. Je vais aller à Hong-Kong. Attends-moi. Ne fais confiance à personne. »

Le garçon appelé Martin approcha d'un pas, puis s'arrêta net et regarda vers la mer. Will suivit son regard. Quelque chose se tortillait dans les ténèbres et prenait forme.

« Qu'est-ce que c'est ? demanda Will.

— C'est toi », répondit Martin.

Puis ce fut comme si l'univers du rêve se déchirait. Quelque chose bondit au-devant de Will et faillit le heurter. Il vit que c'était un panier, en forme de croix. Quelque part, une cloche carillonna. Au même moment, la lune devint verte et deux autres lunes apparurent, l'une au-dessus, l'autre dessous, toutes deux d'un rouge éclatant. Ensuite le vent se leva et souffla du sable dans les yeux de Will. SIGNAL DIX. Il lut ces mots sur une enseigne au néon du quartier Wanchai, puis il vit le serpent à la sauce aigre-douce se dérouler et surgir de l'horizon pour foncer vers lui. Seulement ce n'était pas le serpent, mais quelque chose de bien plus dangereux. Ses yeux étincelaient, ses écailles luisaient, des flammes jaillissaient de sa gueule. Un dragon. Sorti tout droit d'un carnaval. Will voulut rire, mais le dragon était gigantesque. Et il était bien réel. Et il surgissait de la nuit pour l'anéantir.

Will se réveilla en sursaut, se retenant à grand-peine de pousser un hurlement. Il était étendu sur un lit, à Hong-Kong, dans l'appartement de son père, et ce n'était qu'un rêve.

Quatre heures moins dix du matin... Les chiffres du réveil luisaient dans la nuit. Will demeura immobile un long moment. Lloyd dormait dans la chambre voisine. Il l'entendait ronfler à travers le mur. Il tendit le bras, trouva la lampe de chevet et l'alluma. Il était peut-être quatre heures à Hong-Kong mais, à Londres, cela faisait seulement huit heures du soir. Impossible de se rendormir. Il lui fallait de la lecture.

Will repoussa ses draps, se leva, quitta sa chambre et traversa le salon pieds nus. Il y avait deux étagères de livres face à la fenêtre. Même s'il avait peu de chance de trouver des livres à son goût, peut-être dénicherait-il un guide de Hong-Kong ou un vieux magazine qu'il pourrait feuilleter.

Un panier en forme de croix. Un dragon. Signal Dix. Qu'est-ce que tout cela voulait dire ? Will chassa les images de son esprit. Un rêve, rien de plus. Un rêve sans importance. Il alluma une lampe du salon pour examiner les livres. Il ne s'était pas trompé : les seuls livres qui intéressaient Edward Tyler étaient des ouvrages financiers. Will n'en comprenait même pas les titres, alors le contenu... En bâillant, il feuilleta une pile de journaux posés sur l'étagère du bas. Et là, il découvrit la dernière chose qu'il s'attendait à trouver...

Le document ne comptait que quelques pages et possédait une couverture rigide bleu foncé, avec des lettres d'or gravées dessus. Un passeport britannique. Le passeport de son père. Les doigts tremblants, il l'ouvrit et reconnut la photo du visage qu'il connaissait si bien. Des lunettes, des cheveux courts, une fine moustache, un costume élégant et une cravate. Nom : Edward John Tyler. Profession : Banquier. Lieu de naissance : Londres.

Erica Mortiss avait donc menti en prétendant que son père se trouvait à Singapour. Le passeport en était la preuve. Edward Tyler n'aurait pu quitter Hong-Kong sans son passeport. Donc, il devait se trouver quelque part dans la ville. Mais où ? Que lui était-il arrivé ? Will éteignit la lumière et regagna sa chambre sans faire de bruit.

Les premiers rayons du soleil léchaient déjà le ciel, qu'il n'était toujours pas endormi...

4

VISITE GUIDÉE

Le lendemain, Will visita Hong-Kong. Du moins le Hong-Kong qu'Erica Mortiss voulait bien lui montrer.

C'était le Hong-Kong des gratte-ciel et des bureaux, des passages surélevés et des galeries marchandes. Partout où Will portait les yeux, ce n'était que verre, acier et béton entremêlés, touffus comme un jardin tropical, où la lumière et l'air avaient du mal à filtrer. De larges avenues s'étaient forcé un chemin au milieu de ce chaos, apportant un constant grondement de trafic. Elles étaient sillonnées de trams aux couleurs vives qui grinçaient sur leurs rails métalliques, pareils à des boîtes de chaussures montées sur roulettes.

Pourtant il existait un autre Hong-Kong, l'ancien, caché derrière le premier. En jetant des coups d'œil dans les ruelles qui s'ouvraient comme des fissures dans le ciment des façades, Will entrevit des éventaires surchargés, une foule grouillante, des marmites en fer-blanc où mijotaient de la soupe et des nouilles. Il vit des échoppes regorgeant de sacs de racines séchées et de poudres dont il ne connaissait pas les noms. Des banderoles de papier, sur lesquelles étaient peints d'étranges symboles, pendaient devant chaque porte et chaque fenêtre. C'était le Hong-Kong chinois, intégré à la ville et à la fois séparé d'elle par son langage, ses lois, ses mystères.

« Essayez de ne pas trop lambiner, mon cher William. Il y a un bâtiment que vous adorerez, j'en suis sûre... »

Erica Mortiss était revenue à l'appartement avant le réveil de Will. Puis, elle l'avait traîné en ville, lui montrant au moins quatorze immeubles de bureaux différents. Il n'avait d'autre choix que de la suivre. Escorté d'un côté par elle, de l'autre par Lloyd, il se sentait surveillé comme un criminel. Ses « accompagnateurs » ne semblaient pas disposés à le quitter d'une semelle.

Ils s'arrêtèrent à un croisement. Erica Mortiss leva le bras.

« La banque de mon mari. La Première Banque Mondiale. »

C'était un immeuble de bureaux semblable aux autres. Une cinquantaine d'étages, blancs et gris, avec des piliers noirs qui se dressaient pour soutenir le poids des étages supérieurs. Il y avait une plate-forme sur le toit, sans doute une aire d'hélicoptère puisque, au moment même, un appareil en décolla. Juste en dessous se trouvait un alignement d'immenses baies vitrées, probablement une salle de conseil d'administration ou un appartement de fonction. Les initiales PBM, en marbre noir, surmontaient l'entrée principale. Bref, un immeuble comme les autres.

C'est alors que le soleil glissa derrière le bâtiment, dont l'ombre s'étendit démesurément. Will se sentit englouti par elle. Tous les bruits de Hong-Kong, la circulation, la foule, furent étouffés, et l'on n'entendit plus que le ronronnement de l'hélicoptère qui tournoyait dans le ciel. Will se sentit glacé. C'était inexplicable, mais il ne s'agissait pas d'une illusion. Son souffle se transformait en buée. Il ne pouvait plus bouger.

Puis le soleil reparut de l'autre côté de l'immeuble, et Will se réchauffa. L'ombre s'éloigna. Quel que fût le phénomène qui venait de se produire, c'était terminé.

« Je suis sûre que vous aimeriez visiter l'intérieur, n'est-ce pas, mon cher petit ? »

Erica Mortis lui adressa un sourire cruel. Elle semblait savoir ce qui venait de lui arriver.

« Non, répondit Will. Je n'en ai pas envie. »

Ils déjeunèrent dans un restaurant qui, par chance, servait de la cuisine anglaise. Will s'empressa de commander des sandwichs et du Coca Cola. Lloyd ne mangea rien. Erica Mortiss avala de la fumée.

« Cet après-midi, je comptais aller dans un musée..., commença-t-elle.

— C'est obligatoire ? la coupa Will, qui était en colère et n'essayait pas de le cacher. Pourquoi ne me laissez-vous pas faire ce dont j'ai envie ?

— Eh bien ! Eh bien ! Je pensais vous faire plaisir, William, dit-elle en reniflant bruyamment, la larme à l'œil. Tous les garçons de votre âge aimeraient visiter un musée sur les techniques d'extraction du jade.

— Mais...

— Il se trouve que, cet après-midi, nous devrons chercher un endroit abrité. La météo a annoncé de la pluie.

— Il ne pleuvra pas, affirma Will.

— Comment le savez-vous ? » questionna Erica Mortiss en plissant soudain les yeux.

La larme, si toutefois c'était une vraie larme, avait séché.

« Je le sais, c'est tout », dit Will.

C'était vrai. Will avait un don, qu'il ne s'expliquait pas. On l'avait si souvent taquiné à ce sujet à l'école, qu'il préférait ne pas y penser. Mais il savait que le soleil brillerait tout au long de l'après-midi. Il prévoyait toujours le temps qu'il allait faire.

« Vous le savez ? répéta Erica Mortiss en se penchant vers lui comme si elle voulait l'examiner au microscope. Mais oui, bien sûr que vous savez. Vous savez prévoir le temps. Un talent très inhabituel, un talent unique ! »

Will ne s'était pas trompé. Le temps resta ensoleillé, et ils décidèrent de traverser le port de Hong-Kong pour aller sur l'autre rive voir les boutiques et les marchés de Kowloon.

Ils embarquèrent sur le *Star Ferry*, un bateau à vapeur qui faisait la navette cent fois par jour. Le ferry avait deux ponts, inférieur et supérieur, mais bien entendu Erica Mortiss ne laissa pas le choix à Will. Elle et Lloyd entraînèrent le garçon sur le pont supérieur, en première classe, gagnèrent un banc à l'écart de la foule, et s'assirent à ses côtés. Une cloche tinta. Les moteurs ronronnèrent. Lentement, le vieux ferry glissa sur l'eau, laissant derrière lui Hong-Kong et ses gratte-ciel en forme de murailles.

Une centaine de personnes se trouvaient à bord. Quelques touristes, mais surtout des commerçants et des hommes d'affaires. Les touristes étaient les seuls à parler, et encore ils semblaient embarrassés, mal à l'aise. Will se souvint de son arrivée à l'aéroport Kai Tak. Les Chinois qu'il avait vus là-bas s'étaient comportés comme ceux du ferry : silencieux, le visage impassible, presque sans vie. Will avait vécu assez longtemps à Londres pour savoir que les gens s'adressent rarement la parole dans les grandes villes, mais ici c'était différent.

« Il se passe quelque chose d'anormal à Hong-Kong », murmura-t-il pour lui-même.

Il se souvint du passeport de son père. Et puis, presque en même temps, de l'agression dans Hyde Park. Trois Chinois avaient tenté de le kidnapper. Avaient-il enlevé son père ? Will examina les passagers silencieux du ferry. Eux savaient ce qui se passait. Et ils avaient peur.

Will cligna des yeux, momentanément aveuglé. Le soleil venait de se réfléchir dans quelque chose, droit sur lui. Il y eut une pause, puis la même chose se reproduisit. Il leva une main pour se protéger les yeux et en profita pour scruter la foule massée sur le pont. C'est seulement au troisième éclat de lumière qu'il comprit : c'était intentionnel. Quelqu'un cherchait à lui envoyer un signal.

Et puis il la vit. La jeune fille de l'aéroport. Il reconnut son visage mince, ses courts cheveux noirs, sa silhouette menue. Elle se tenait assise, jambes croisées, sur un banc situé à l'autre extrémité du pont de première classe, un petit miroir dans le creux de la main. Will esquissa un mouvement pour se lever, mais il s'arrêta en voyant son signe d'avertissement. Elle n'avait pas besoin de parler, le message était clair. Elle courait un danger. Will ne devait pas montrer qu'il l'avait vue.

Il hocha la tête pour signifier qu'il avait compris, en prenant soin de ne pas se faire remarquer d'Erica Mortiss ni de Lloyd. La jeune fille intercepta de nouveau le rayon du soleil dans son miroir, mais cette fois elle le dirigea sur la silhouette d'un homme assis à l'avant du bateau. C'était un Chinois qui semblait lire un journal. Quand le reflet du soleil l'atteignit, l'inconnu replia son journal et se leva pour se diriger vers la rambarde. La jeune fille rangea son miroir. Will hocha la tête. Elle désirait qu'il aille parler avec le Chinois, mais à l'insu de ses anges gardiens.

Will glissa un regard vers Erica Mortiss. Elle avait sorti son ouvrage de son sac et donnait de vigoureux coups d'aiguille pour ajouter quelques rangs à son tricot. De l'autre côté, Lloyd était figé comme une statue, les mains croisées derrière la nuque, le regard fixé sur l'eau. Comment Will pouvait-il leur échapper ? Le clapotis des vagues lui donna une idée.

Les mains crispées sur l'estomac, il déglutit bruyamment et parut chercher sa respiration. Erica Mortiss leva les yeux de son tricot.

« Quelque chose ne va pas, mon cher William ?

— J'ai mal au cœur, répondit Will en grimaçant et en roulant les yeux.

— Mal au cœur ? Sur un ferry ? Vous n'auriez pas dû manger tant de sandwichs. Vous n'auriez même pas dû en manger du tout. Quelle idée, vraiment ! »

Et elle reprit son tricot. Will patienta quelques secondes puis, les mains pressées sur l'estomac, il bondit de son siège et se précipita vers la rambarde à l'avant du bateau sans se retourner, feignant d'être malade. Il espérait seulement avoir convaincu Lloyd et Erica Mortiss de le laisser seul. Pourvu qu'ils ne se mettent pas en tête de venir l'aider...

Sa manœuvre l'avait conduit auprès du Chinois. Il l'examina du coin de l'œil. Le visage juvénile, d'épais sourcils, une cicatrice au coin de la bouche : Will ne l'avait jamais vu. Il se demanda soudain s'il ne se conduisait pas comme un idiot. Si le Chinois désirait lui parler, pourquoi n'était-il pas tout simplement venu vers lui ? Erica Mortiss et Lloyd ne pouvaient l'en empêcher... pas sur un ferry, au beau milieu du port de Hong-Kong ! Et, d'ailleurs, que pouvait bien lui vouloir un parfait étranger ? Il avait dû rêver.

Mais soudain, il entendit un chuchotement rauque et pressant.

« Grand danger. Aller au temple Man Mo. Man Mo... »

Ce fut tout. Quand Will se redressa, l'homme s'éloignait déjà vers l'autre bord. Erica Mortiss surgit.

« Vous êtes malade ? demanda-t-elle.

— Non, je me sens mieux. »

Son regard perçant scruta celui de Will. Sa bouche se tordit.

« Cet homme, reprit-elle avec un geste vers l'arrière du bateau. Il vous a parlé ?

— Quel homme ? » dit Will en se sentant rougir malgré lui.

Il n'avait jamais su mentir. Restait à espérer qu'elle mettrait cette rougeur sur le compte de son malaise.

« Suivez-moi, ordonna Erica Mortiss en lui prenant le bras. Si vous vous sentez mal, mieux vaut vous asseoir. »

Will se laissa reconduire à sa place. Les aiguilles d'acier dépassaient du tricot abandonné sur le banc. « Grand danger. » Les mots se répétaient sans fin dans sa tête. « Temple Man Mo. »

Une cloche tinta et l'allure des machines changea. Le ferry accosta. Will et ses anges gardiens furent les premiers à débarquer. Will eut beau se retourner, nulle part il ne vit le jeune Chinois. Toute une série de passerelles en zigzag conduisaient à terre. Ils étaient à mi-chemin entre le bateau et la terre ferme, quand Mme Mortiss s'arrêta net en poussant un petit cri.

« Oh, quelle idiote je suis ! J'ai oublié mon tricot.

— Je vais aller vous le chercher, proposa Will, espérant qu'il pourrait rencontrer le jeune Chinois.

— Non, refusa sèchement Erica Mortiss en lui saisissant le bras de ses ongles crochus. Restez avec Lloyd. Ne bougez pas. Ne bougez pas d'un pouce ! »

Et elle fendit la foule pour remonter à bord du ferry.

Will resta où il était, tandis que les passagers affluaient autour de lui. Parmi eux, il reconnut la jeune fille qui marchait d'un pas vif, les yeux baissés. Will fit un pas vers elle, dans l'espoir que peut-être elle pourrait lui glisser quelques mots, mais une poigne solide s'abattit sur son épaule pour le ramener en arrière. Si brutalement, qu'il se sentit presque soulevé de terre. Le souvenir du chariot tordu de l'aéroport lui revint en mémoire.

« Ça va, Lloyd, grogna-t-il en se massant l'épaule. Si je veux aller quelque part, je demanderai d'abord l'autorisation à tante Erica... »

Lloyd ne prêta aucune attention à ses paroles, mais ses yeux ne le lâchèrent pas une seconde.

Erica Mortiss fut bientôt de retour. Elle était un peu haletante et s'agrippait à son sac comme à une bouée.

« Continuons la visite, dit-elle.

— Vous avez retrouvé votre tricot ? s'enquit Will.

— Oui. Quelle étourdie je fais, n'est-ce pas ? »

Cet après-midi-là, Will découvrit dix autres immeubles de bureaux, un marché, et quelques petites échoppes de cerfs-volants dans un dédale de ruelles. Il n'aspirait qu'à voir le temple Man Mo, mais ce n'était apparemment pas au programme. Ils revinrent à Hong-Kong en début de soirée. Will insista pour emprunter de nouveau le ferry, et non le train comme le suggérait Mme Mortiss, mais le jeune Chinois ne reparut pas. Curieusement, Erica Mortiss négligea son tricot pendant le trajet de retour.

Le soleil se couchait, et la longue rangée de gratte-ciel, sur l'autre rive, semblait gelée et pétrifiée, comme si elle se dressait là depuis des centaines d'années. La surface de l'eau ressemblait à une nappe d'argent. Quelques bateaux retardataires traversaient encore la baie avant la nuit. Pour la centième fois de la journée, l'étrave du *Star Ferry* fendait l'eau en repoussant les déchets et les algues qui flottaient à la surface. Un amas de détritus s'écarta. Parmi eux, tout à coup, surgit une main pâle tendue vers le ciel.

Le jeune Chinois flottait dans l'eau, bras et jambes écartés, le corps cerné de déchets et d'algues entrelacés. Il avait été poignardé deux fois, et les lames pointaient encore de son corps, l'une dans le dos, l'autre dans le cou. Seulement ce n'étaient pas des poignards. C'étaient des aiguilles à tricoter.

Pendant quelques secondes, le cadavre fut ballotté par le sillage du *Star Ferry*. Puis des vagues le recouvrirent, et il disparut.

5

LA PREMIÈRE BANQUE MONDIALE

La salle de conférences était isolée du monde extérieur : murs insonorisés, air conditionné par une machinerie qui ronronnait doucement derrière la double cloison du plafond... Il était tôt dans l'après-midi, pourtant les volets étaient fermés, masquant la vue sur la baie et, au loin, Kowloon. Une unique lampe, pendant du plafond à quelques centimètres au-dessus de la table, projetait un cercle parfait sur le bois verni. Mais le reste de la salle était plongé dans la pénombre. Les sept hommes assis autour de la table étaient presque invisibles. Des silhouettes vagues, rien de plus.

Le conseil d'administration...

Les sept hommes portaient presque tous l'uniforme costume-sombre-cravate-unie-chemise-blanche. Personne ne fumait. Et personne n'avait bu une goutte de la bouteille d'eau minérale posée au milieu de la table. Une femme à l'air pincé était assise toute seule dans un coin de la pièce, jambes croisées, et prenait des notes. Si elle avait un nom, aucun des hommes présents ne le connaissait.

A la Première Banque Mondiale, les noms n'avaient aucune importance. L'argent seul comptait. L'argent était le sujet de conversation pour ces hommes depuis neuf heures. Combien de millions avaient changé de mains pendant ce temps ? Combien de gens s'étaient endettés ? Et pas seulement des individus, mais aussi des entreprises, des villes, des pays entiers ? Combien de prêts avaient été accordés, et quels biens achetés avec les intérêts de ces prêts ? Dans le monde entier, des imprimantes d'ordinateurs crépitaient et des écrans s'animaient sous l'assaut de chiffres et de statistiques. Livres sterling, dollars, roubles, yen, francs, Deutschmarks... voilà ce qui régissait la vie humaine. Ici, dans la salle de conférences de la Première Banque Mondiale, les directeurs planifiaient, manœuvraient, manipulaient, certains de détenir le pouvoir suprême en contrôlant l'argent du monde.

Mais le temps passait. Un seul dossier brun restait sur la table. On l'avait gardé pour la fin.

« Will Tyler », annonça le P.-D.G. d'une voix nasillarde.

Mortimer Mortiss approcha son visage du cercle de lumière. Le P.-D.G. avait une tête énorme et ronde. On aurait cru un ballon de football perché sur un corps beaucoup trop petit pour lui. Il était chauve. Sa peau, blanche et marbrée, semblait recouvrir sa figure et son cou comme du papier cadeau. Deux fentes étroites y avaient été perforées pour les yeux. Des yeux qui regardaient au travers de lunettes en demi-lunes miroitant à chacun de ses mouvements.

D'un même geste, les six hommes qui l'entouraient ouvrirent leur dossier. Dans son coin, la secrétaire inscrivit le nom sur son bloc et le souligna d'un trait. Le stylo griffa le papier rugueux en y laissant une traînée d'encre rouge vif.

« Il est arrivé à Hong-Kong il y a deux jours, poursuivit le président. Depuis lors, il est étroitement surveillé par la très charmante Mme Mortiss... mon épouse.

— Très charmante, approuvèrent en chœur les membres du conseil.

— Le jeune Tyler loge dans l'appartement de son père, à Wisdom Court. Lloyd reste avec lui jour et nuit. Les mesures de sécurité... ? »

Il tourna sa grosse tête vers un petit homme

étriqué assis à sa gauche. C'était le directeur général de la banque.

« Personne ne peut entrer dans la maison, monsieur le président-directeur général, affirma le directeur. Et le garçon ne peut pas sortir. Du moins, pas tout seul...

— Parfait. Comme vous en avez conscience, messieurs, il est essentiel pour notre plan que le garçon puisse circuler librement dans Hong-Kong. Du moins, qu'il en ait l'impression. Mais personne ne doit l'approcher. Il doit être... isolé », ajouta Mortiss en se tournant vers un homme assis au bout de la table.

C'était un homme assez gros, qui transpirait abondamment malgré la fraîcheur de la pièce. Le directeur commercial.

« Cela relève de votre responsabilité, n'est-ce pas ? lui lança Mortiss.

— Personne n'a pu approcher du garçon, grommela le directeur commercial en se tamponnant le front et la nuque avec un mouchoir blanc. J'ai des agents partout. Personne n'a pu l'approcher.

— En êtes-vous certain ? » insista le président d'une voix subitement glaciale.

Le directeur commercial cligna des yeux.

« Vous avez ma parole, monsieur le président.

— Monsieur le président... ? intervint l'administrateur de la banque, un homme jeune aux lèvres charnues et aux cheveux plaqués en arrière. Je ne comprends pas. Pourquoi la banque porte-t-elle tant d'intérêt à ce garçon ?

— Ce garçon a une grande importance, répondit le P.-D.G. Monsieur le trésorier pourrait peut-être vous expliquer ?

— Oh, non, monsieur le président, répliqua le trésorier en ôtant ses lunettes pour les essuyer sur sa manche. Je vous laisse ce soin... »

Mortimer Mortiss jeta un regard sévère à l'homme grisonnant et triste qu'était le trésorier, puis se détourna de lui comme s'il voulait l'oublier. Pendant une minute, personne ne dit mot. Puis, soudain, comme s'il se jetait à l'eau, il rompit le silence.

« Les Anciens », dit-il.

La secrétaire se figea, le stylo en l'air, incapable d'inscrire ces mots. De nouveau le silence pesa sur la pièce, à l'exception du doux ronronnement de la climatisation qui essayait en vain de disperser l'air glacé qui venait de s'infiltrer. Mortiss adressa un geste à la secrétaire qui referma son bloc-notes et quitta la pièce.

« Chacun de nous, ici, a travaillé en prévision du jour, maintenant proche, où les Anciens enverront le signal du renouveau du monde. Nous serons leurs banquiers dans le chaos qui suivra. Les armements, les guerres, la terreur... Mais les Anciens ont des ennemis, poursuivit Mortimer Mortiss en secouant la tête comme si cette idée même était inconcevable. Cinq enfants...

— Des enfants ! s'exclama l'administrateur d'un ton méprisant. Quel genre d'enfants ?

— De vilains enfants. Des enfants rusés, répondit Mortiss en abattant son poing sur la table. Des enfants morts... »

Il s'interrompit un instant pour reprendre son souffle. De nouveau tout le monde se tut.

« Tout au moins, ils devraient être morts, précisa Mortiss. Car ils ont combattu les Anciens il y a des milliers d'années. Ils les ont vaincus par la ruse. Et maintenant, ils sont de retour. Comme s'ils... renaissaient. Ce que vous devez bien comprendre au sujet de ces gamins, c'est qu'ils ne représentent pas une menace directe, quand ils sont séparés. Chacun d'eux possède certains... pouvoirs, mais relativement limités. Le danger naît lorsqu'ils sont réunis et qu'ils forment un cercle. Alors, il se produit quelque chose. Leurs pouvoirs sont démultipliés à l'infini. C'est le pouvoir des Cinq. Un pouvoir qui a autrefois défait les Anciens, et qui peut recommencer. »

Mortiss ouvrit le dossier pour en sortir une feuille de papier sur laquelle étaient inscrits cinq noms. Il les lut.

« Martin Hopkins, Pedro, Nicholas et Jeremy Helsey. Will Tyler est le cinquième.

— Alors, tuons-le ! s'écria l'administrateur. Aucun problème, monsieur le président. Je peux m'en charger moi-même...

— Non ! protesta le trésorier qui venait de se lever d'un bond. Ce n'est pas la bonne solution.

— C'est exact, monsieur le trésorier, l'approuva Mortiss avec un sourire mauvais. Les Anciens ne s'intéressent pas à Will Tyler. Il détient un pouvoir, comme les autres, mais il ne le sait pas. Il ignore qui il est, et ce qu'il est. C'est pourquoi nous nous servons de lui comme appât. »

Le trésorier se rassit. Le président enchaîna.

« Les Anciens veulent Martin Hopkins. Inutile de demander ce qu'ils feront de lui lorsqu'ils l'auront. Mais ils m'ont chargé de le leur trouver. Et je n'ai pas l'intention de les décevoir. Hopkins sait que Will Tyler est ici. Ces enfants communiquent entre eux par leurs rêves. C'est leur moyen de se retrouver. Il sait que nous détenons Tyler, et il devra venir à Hong-Kong pour le chercher.

— Mais pourquoi viendra-t-il ? demanda le vice-président de la banque, un Américain aux cheveux et au teint gris.

— Parce qu'il a besoin du cinquième pour compléter le cercle. Vous comprenez maintenant ? Hopkins n'a pas le choix. Il viendra à Hong-Kong, et il se rendra compte, à ce moment-là seulement, de ce qui se passe ici. Mais, bien sûr, il sera trop tard. Une fois à Hong-Kong, il ne pourra plus en sortir.

— Une question, monsieur le président, le coupa le vice-président. Vous dites que ces garçons ont des pouvoirs. Cela signifie-t-il que Tyler est dangereux ?

— Non, répliqua Mortiss en secouant énergiquement son énorme tête, au point qu'elle sembla près de s'arracher de son cou. Parlez-nous des pouvoirs de Will Tyler, monsieur le trésorier. »

Il y eut une longue pause, pendant laquelle le trésorier fut pris d'une quinte de toux nerveuse.

« Il peut prédire le temps, répondit-il enfin.

— Exactement, gloussa Mortiss. Il peut vous dire s'il va pleuvoir ou non. Il peut vous dire quelle température il va faire. Mais on le surveille depuis très longtemps et je peux vous assurer que c'est son seul don. Utile pour les jardiniers, peut-être, mais inoffensif en ce qui nous concerne. »

Quelques rires ponctuèrent cette remarque. Seul le trésorier semblait mal à l'aise. Mais, voyant l'hilarité de ses collègues, il se joignit à eux. Les rires furent brutalement interrompus par le président qui déchira soudain son dossier en deux.

« Ne sous-estimez pas ces enfants, gronda-t-il d'une voix qui pétrifia les six hommes. Les Anciens les veulent, et ils ne toléreront aucune erreur. »

Sa tête pivota vers le directeur commercial, l'homme chargé d'isoler Will.

« Vous avez déjà commis une faute, monsieur le directeur commercial. »

Ce dernier devint tout pâle, pâle comme un néon blanc.

« Vous m'avez donné votre parole que personne n'était entré en contact avec Tyler. Or un contact a été établi sur le *Ferry Star*. Quelqu'un lui a parlé.

— Quelques secondes à peine, gémit le directeur commercial. Et ce n'était pas ma faute. Mme Mortiss a...

— Vous osez blâmer ma femme ! s'emporta Mortiss en frémissant de rage, le visage de plus en plus cramoisi. C'est ma très chère femme qui a dû régler le problème causé par votre incompétence. (Sa figure était maintenant violacée, il haletait.) En voilà assez. Vous avez manqué à votre devoir, et les Anciens exigent votre démission du conseil d'administration. Votre démission immédiate. »

Le directeur commercial faillit argumenter. Mais il n'y avait rien à ajouter. Il baissa la tête.

« Vous devez quitter la pièce », ordonna Mortiss.

Le directeur commercial se leva pour se diriger vers la sortie.

« Non, l'arrêta le président. Pas par la porte. »

Le directeur s'immobilisa. Il lui fallut un instant pour comprendre. Alors, il hocha la tête en silence et marcha vers la fenêtre. Il leva les stores. Le soleil de l'après-midi éclaira un coin de la pièce et rendit leurs couleurs à la moquette bleue et aux murs couverts de bois brun, dissipant les ombres qui mangeaient la salle de conférences et les silhouettes silencieuses assises autour. Le trésorier ferma les yeux, incapable de regarder.

Le directeur commercial ouvrit la fenêtre d'une main mal assurée.

« Toutes mes excuses, monsieur le président », dit-il.

Et il sauta.

Ses collègues détournèrent les yeux. La salle de conférences se trouvait au quarante-sixième étage.

Mortimer Mortiss s'adressa à l'administrateur.

« Vous reprendrez les responsabilités que vient d'abandonner prématurément le directeur commercial. Personne ne doit approcher Will Tyler. Avez-vous d'autres questions ? »

L'administrateur secoua la tête.

« C'est parfait », se félicita Mortiss, dont le visage avait recouvré une couleur normale.

Il repoussa sa chaise et se leva.

A cet instant, la porte s'ouvrit devant la secrétaire, qui tenait un papier à la main. Si elle remarqua la fenêtre ouverte, la chaise vide et l'absence du directeur commercial, elle n'en laissa rien paraître.

« Ceci vient juste d'arriver », murmura-t-elle en tendant le papier à Mortiss.

Le président lut, puis hocha la tête en signe d'approbation. La secrétaire quitta la pièce, non sans avoir refermé la fenêtre au passage.

« Bonnes nouvelles, annonça le président en agitant la feuille de papier. C'est un message de notre agent au Pérou. Martin Hopkins a quitté Nazca hier soir à bord d'un avion privé, à destination de Lima. Notre agent ignore où il compte s'envoler à partir de là, mais je crois que nous pouvons parier sans prendre de gros risques, sourit Mortiss en froissant le papier en boule. Le chef des Cinq est sans aucun doute en route pour Hong-Kong ! »

6

LA BONNE AVENTURE

Will détestait être traité comme un enfant.

D'abord, il avait grandi sans parents, puis sans parents adoptifs, et il avait appris à se débrouiller seul. A l'école, avec tous ces règlements étriqués qu'il respectait le moins possible, on le considérait un peu comme un rebelle, mais c'était faux. « Faites ce que vous voulez et laissez-moi faire ce dont j'ai envie », tel était son principe de vie. Jusqu'à maintenant.

Il avait détesté Erica Mortiss dès le premier regard et ses efforts pour jouer à la bonne « tante Erica » le laissaient froid. Les heures passant, son acharnement à se cramponner à lui sans lui laisser la moindre parcelle de liberté, l'avait d'abord gêné, puis frustré, et finalement rendu enragé. Mais dans le même temps, il avait commencé à se rendre compte qu'il était embringué dans une histoire qui le dépassait. On se servait de lui. Et cela avait assez duré. Il était désormais bien décidé à découvrir ce qui se tramait.

On avait dû kidnapper son père. C'était sans doute le fin mot de l'histoire. Les mêmes hommes qui l'avaient agressé dans Hyde Park avaient probablement enlevé Edward Tyler avant qu'il ait pu l'avertir. Son père avait peut-être cherché à annuler son voyage à Hong-Kong. Et Will aurait vraiment préféré ne jamais mettre les pieds dans cette ville.

Mais il allait percer le mystère. Il en avait assez d'Erica Mortiss, de Lloyd et de leurs visites guidées. Aujourd'hui, il leur échapperait pour mener son enquête.

Et cela aurait lieu au temple Man Mo.

« Un temple ? s'étonna Erica Mortiss. Comme c'est ennuyeux ! Vous ne préférez pas visiter une autre banque ? »

Comme à son habitude, Erica Mortiss était arrivée à l'appartement à huit heures et elle tricotait, assise devant la table. Elle portait un autre tailleur gris, avec une broche en or et de lourdes boucles en or qui étiraient ses oreilles.

« J'ai un exposé à faire en classe, expliqua Will. Je dois visiter quelques temples.

— Si c'est pour l'école, mon cher petit, nous

pouvons nous autoriser une petite escapade, dit-elle en faisant bruyamment cliqueter ses aiguilles à tricoter. Quel temple devez-vous voir ?

— C'est sans importance, répondit Will. Le plus proche d'ici. »

Demander d'aller au temple Man Mo aurait éveillé les soupçons d'Erica Mortiss. Et Will avait pris ses renseignements. La veille au soir, grâce à son guide, il avait découvert que le Man Mo était le plus ancien et le plus célèbre temple de Hong-Kong et, détail essentiel, c'était aussi le plus proche de Wisdom Court. Il attendit la réaction d'Erica Mortiss, le cœur battant, mais elle n'hésita même pas une seconde. Quelque chose devait la préoccuper. Elle était tendue, excitée.

« Le Man Mo, décida-t-elle. Il se trouve juste en bas de la colline. Allez vous brosser les dents, mon chéri, nous partirons ensuite. »

Le temple était beaucoup plus petit que Will ne s'y attendait, bien qu'il fût difficile de juger de sa taille dans la pénombre et l'atmosphère enfumée qui y régnaient. Les lieux étaient encombrés de statues, de vases, de gongs, de cloches, de sièges anciens, de bâtons d'encens qui auraient paru incongrus dans une église européenne, mais qui semblaient ici tout à fait indispensables. Juste en dessous du plafond, suspendus à des fils de fer, il y avait toute une série d'énormes cônes, dont les bouts se consumaient lentement et laissaient échapper une fumée bleue qui se diffusait dans l'air. Peut-être était-ce la fumée, peut-être le silence, le temple semblait à des kilomètres de Hong-Kong.

« Kuan Ti. Le dieu de la guerre... »

La voix était celle d'une vieille femme toute vêtue de noir, qui s'était approchée en boitillant derrière Will et montrait du doigt l'une des statues, cherchant visiblement à offrir ses services pour la visite. Elle avait l'âge d'être sa grand-mère, et même son arrière-grand-mère, au point que Will se demandait comment elle pouvait encore tenir debout. La cataracte voilait ses yeux de blanc. Son visage était ridé comme une prune centenaire.

« Ce temple lui est dédié, poursuivit-elle. Kuan Ti est aussi le dieu des prêteurs sur gages et des restaurants. Ainsi que le dieu des Triades.

— Vous voulez dire le dieu des criminels ? s'étonna Will, qui avait lu quelque chose sur les Triades, l'équivalent chinois de la Mafia.

— C'est exact, gloussa la vieille femme d'un air entendu. Le dieu des criminels. »

Will hocha poliment la tête en espérant la voir partir. Il ignorait ce qui était censé se passer dans le temple, mais, quoi que ce fût, la vieille femme risquait de le gêner. Il jeta un coup d'œil vers Erica Mortiss. Assise sur une cloche en bronze, elle s'affairait sur son tricot. Lloyd quant à lui était adossé contre la porte principale, bloquant la sortie. De leur point de vue, Will était en sécurité : la vieille était inoffensive, et personne d'autre dans le temple ne s'intéressait à lui.

La vieille femme désigna l'une des nombreuses urnes placées devant l'autel central.

« Nous y brûlons du papier monnaie, expliqua-t-elle de sa voix fluette et cassée. L'argent monte en fumée et est reçu par les âmes des défunts. »

Elle lui sourit, et Will réalisa soudain qu'elle lui parlait en anglais. Or comment savait-elle qu'il était anglais ? Elle devait le connaître. Elle l'attendait.

« Vous travaillez ici ? la questionna Will.

— Je suis la gardienne du temple, répondit la vieille femme. Je dis aussi la bonne aventure, ajouta-t-elle avec un sourire édenté à l'adresse de Mme Mortiss. Voulez-vous que je vous dise la bonne aventure ?

— Non, grogna Erica Mortiss.

— Le jeune homme, peut-être ?

— J'aimerais bien », acquiesça Will en se tournant vers Erica Mortiss comme s'il lui demandait la permission.

Il obtint un vague haussement d'épaules et suivit la vieille femme jusqu'à l'autel. Devant, un homme tenait une boîte cylindrique en bois remplie de baguettes de bambou. Profondément concentré, les yeux fermés, il secouait la boîte de manière à faire remonter les baguettes. L'une d'elles tomba. L'homme la ramassa et disparut dans une alcôve à l'arrière du temple.

La vieille femme tendit à Will une autre boîte, également remplie de baguettes. Chacune portait, à son extrémité, une inscription en chinois.

« La boîte s'appelle *chim,* expliqua la vieille femme. Pensez à une question pour laquelle vous souhaitez une réponse, et secouez la boîte jusqu'à ce qu'une baguette en tombe. Cette baguette portera un numéro. Vous chercherez ensuite votre numéro sur les papiers imprimés qui sont là-bas. Le papier fournira la réponse à votre question. »

La vieille femme s'inclina et le laissa seul devant l'autel. Will jeta un coup d'œil à Mme Mortiss. Elle tricotait toujours. La même laine, mais avec des aiguilles différentes. Lloyd émit un grognement dont l'écho se répercuta dans le temple. Will leva le *chim.* Il se sentait un peu ridicule. Comment une boîte de baguettes pouvait-elle prédire l'avenir ? La vieille femme lui avait dit de penser à une question.

« Où est mon père ? » murmura Will en secouant la boîte.

Peut-être était-ce à cause de l'encens qui imprégnait l'atmosphère, mais Will se sentit bizarrement hypnotisé par le raclement des baguettes de bonne aventure. C'était un son apaisant, et le *chim* était doux et frais entre ses doigts. Il y avait environ quatre-vingts baguettes dans la boîte, et chaque secousse les faisait remonter vers le bord. Will n'exerçait aucun contrôle sur elles, pourtant il lui sembla que l'une des baguettes se séparait toute seule du lot. Elle paraissait flotter. Il essaya de pencher la boîte dans l'autre sens pour l'empêcher de bouger, mais la baguette était dotée d'une vie propre. Pendant un instant, elle resta en équilibre sur le bord de la boîte, puis elle bascula et tomba à terre avec un bruit doux.

Will la ramassa et lut le numéro gravé en chinois.

« Quatre », murmura-t-il, sûr de ne pas se tromper mais sans comprendre comment.

C'est alors qu'Erica Mortiss s'avança vers lui. Il remit vivement la baguette dans la boîte.

« Vous en avez assez vu, mon cher William ? »

Will tressaillit. Il l'avait presque oubliée. Depuis combien de temps était-il devant l'autel ? Il consulta sa montre. Quinze minutes s'étaient déjà écoulées sans qu'il s'en aperçût.

« Encore un instant, dit-il en reposant le *chim*. Je voudrais prendre mon papier de bonne aventure.

— Vous savez lire le chinois ?

— Non, mais ce sera un souvenir. »

Erica Mortiss suivit Will dans le fond du

temple. La vieille femme avait disparu, mais il découvrit une série de petites étagères recouvrant un mur, chacune numérotée et contenant un morceau de papier. Will repéra la quatrième à partir du haut. Comme il s'y attendait, le numéro correspondait à l'inscription gravée sur la baguette. Il en sortit le papier et le glissa dans sa poche.

« Vous ne le lisez pas ? s'étonna Mme Mortiss.

— Non, répondit Will en frémissant. Comme vous l'avez dit, je ne comprends pas le chinois.

— Je peux le lire pour vous.

— Non, inutile... »

A l'extérieur du temple, des mendiants s'approchèrent d'Erica Mortiss et de Lloyd. Will profita de cette diversion pour sortir le papier de sa poche et le déplier, en le dissimulant entre sa cuisse et sa main. Ses yeux s'arrondirent. Le message n'était pas rédigé en chinois mais en anglais. Et il ne contenait aucune prédiction d'avenir. Curieux tour de passe-passe. Will n'avait pas choisi la baguette, et pourtant celle qui était tombée l'avait conduit à un message écrit spécialement à son intention.

NOUS SOMMES VOS AMIS. NOUS DEVONS VOUS PARLER EN SECRET. ÉLOIGNEZ LA FEMME ET LE CHAUFFEUR. VENEZ AU PIC À TREIZE HEURES. PRENEZ LE SENTIER DES COUREURS.

NE FAITES CONFIANCE À PERSONNE.

LOTUS BLANC.

Will lut deux fois le message du coin de l'œil avant de le glisser de nouveau dans sa poche. Treize heures... Pour l'instant, il était onze heures. Il lui fallait agir rapidement. Mais comment allait-il « éloigner » la femme et le chauffeur ?

Il y eut un bruit mat, suivi d'un gémissement. Lloyd venait d'écarter un mendiant en le mettant K.O... Les autres s'enfuirent.

« Cela vous plairait de visiter une galerie de peinture, William ? proposa Erica Mortiss.

— Oui, d'accord. »

Will réfléchit rapidement. Il lui serait impossible de la semer à l'intérieur de la galerie. Donc, il devait s'éclipser avant d'y arriver. Mais la tâche n'allait pas être facile. Erica ne s'éloignait jamais de lui à plus de vingt centimètres, et elle ne le quittait pas des yeux. Il pouvait sans difficulté la battre à la course, mais le problème était de faire le premier pas.

« Nous pouvons y aller à pied, si vous voulez, William. L'air vous fera du bien. C'est à un quart d'heure d'ici.

— Très bien », acquiesça Will d'un ton détaché.

Rien ne pouvait mieux lui convenir.

Ils marchèrent en silence, descendant la colline pour s'engager dans le centre de Hong-Kong. Cela aussi arrangeait Will. Il lui serait plus facile de s'échapper au milieu de la foule. Tout ce dont il avait besoin, c'était d'une diversion, et il disparaîtrait dans une ruelle avant qu'ils aient pu s'en apercevoir.

Mais les choses se passèrent autrement. Erica Mortiss était très soupçonneuse. Dès qu'ils eurent atteint le quartier très animé de la ville, elle glissa un bras sous celui de Will pour le plaquer contre elle.

« Il faut faire attention, s'excusa-t-elle avec un mauvais sourire. Nous ne tenons pas à vous perdre. »

Elle avait une force surprenante. Bien qu'à peine plus grande que Will, il la devinait capable de tordre une barre de fer avec ses mains. Elle le serrait si fort, coupant la circulation de son sang, qu'il sentait sa main s'engourdir.

« Vous me faites mal, se plaignit-il.

— Mais non ! protesta Erica Mortiss avec un sourire carnassier. Je m'assure simplement que vous restez près de moi. »

Elle se dirigea vers un petit bâtiment carré situé de l'autre côté de la rue, en tirant derrière elle son escorte récalcitrante. Lloyd les suivait à quelques centimètres, sans cesser d'émettre des grognements de gorge. Will se pinça le nez. Du trottoir opposé lui parvenait un puissant remugle de sang, de tabac, de viande et de poisson. Et ce n'était pas un parfum agréable.

« Le Marché Central, annonça Erica Mortiss. C'est un raccourci. »

Le Marché Central était une sorte de parking avec des stands et des comptoirs où l'on aurait pu ranger des voitures, et des portes qui s'ouvraient toutes grandes sur les rues alentour. Des cloisons et du plafond en ciment, suintait une horrible liqueur. Le sol était glissant, et Will comprit aisément pourquoi : l'endroit regorgeait de « morceaux » de toutes sortes. Morceaux de porcs découpés, morceaux de poulets et morceaux de poissons, avec du sang et des viscères partout.

On avait l'impression de pénétrer dans le cauchemar d'un boucher. Will sentit son estomac se révulser, et il dut faire un effort colossal pour garder les yeux ouverts et continuer d'avancer. Certaines bêtes avaient été abattues la veille. D'autres avaient été disloquées au point d'en être méconnaissables. Les moins chanceuses vivaient encore. C'étaient, entre autres, des poussins enfermés dans des cages empilées par dix, comme des appartements miniatures. Certains poissons étaient découpés de la tête à la queue, mais leur cœur battait encore et ils s'agitaient frénétiquement sur les dalles. En se faisant la promesse solennelle de devenir végétarien dès son retour en Angleterre, Will chercha la sortie.

Mais Erica Mortiss n'était pas pressée de partir. Elle était ravie de se trouver là, et Will sentit l'étreinte de ses serres se relâcher pendant qu'elle contemplait béatement les horreurs du marché. Lui ne pouvait en supporter davantage. Il lui fallait se débarrasser d'elle. Jusque-là, il s'était laissé entraîner de mauvaise grâce, en tirant sur son bras. Tout à coup, il changea de tactique. Trouvant un point d'appui sur le sol glissant, il stoppa net, puis donna une brusque poussée en avant. Erica Mortiss ne s'y attendait pas du tout. Voyant Will se libérer, elle poussa un cri perçant et tomba à la renverse, en plein sur Lloyd. Celui-ci voulut reculer pour l'éviter, mais son pied se posa dans une flaque de sang et se déroba sous lui au moment où Erica Mortiss se raccrochait à son bras. Ils perdirent l'équilibre et s'effondrèrent sur une pile de casiers qui s'écroula. Erica et Lloyd disparurent sous une cascade vivante d'anguilles, de crabes, de homards et de calamars visqueux. Seules une énorme main gantée et une jambe gainée d'un bas noir demeurèrent visibles, pointées en l'air. Will tourna les talons et s'enfuit.

Il quitta le marché en courant, dévala la rue, et s'engouffra dans la première boutique. Il avait besoin de se cacher quelque part pour réfléchir. C'était un magasin de matériel stéréo. Un disque de Tina Turner braillait à plein volume. Il glissa un coup d'œil par la porte. Aucun signe d'Erica ni de Lloyd. Il les avait semés...

Mais comment traverser Hong-Kong sans se

faire repérer ? Mortiss allait envoyer des hommes à sa recherche, et Will savait, au fond de lui, qu'il ne pouvait se fier à personne dans cette ville. Il gardait en mémoire la scène de l'aéroport, et l'ombre qui avait enveloppé la banque. *Il y avait dans Hong-Kong quelque chose de bizarre.* Will en avait eu le pressentiment sur le ferry, maintenant il en était convaincu.

Il lui fallait trouver une diversion. Quelque chose qui lui permettrait de traverser la ville sans se faire remarquer. Si seulement il faisait nuit. Si seulement...

Un frisson le parcourut. Une sorte de décharge électrique qui prit naissance au creux de sa poitrine. Il dut s'appuyer pour conserver son équilibre.

Dehors, il commença à pleuvoir.

La pluie s'intensifia. On aurait dit que quelqu'un avait planté un couteau dans le ciel pour éventrer les nuages. Bientôt, la pluie se mit à marteler les voitures et les vitres, et à former des flaques qui s'étendaient sur le macadam. Partout, des gens couraient pour s'abriter, trempés jusqu'aux os avant même d'avoir atteint la première porte ouverte. Le soleil s'était enfui, et il fit soudain presque aussi sombre qu'en pleine nuit. Le trafic s'était arrêté.

Will se joignit aux gens qui couraient en tous sens. Personne ne le remarqua. Personne n'avait la force d'affronter la pluie et de lever les yeux. Il était invisible.

L'averse n'aurait pu être mieux programmée. « Quelle chance ! » se dit Will en courant le long du port en direction du Pic. « Une sacrée chance ! »

Mais il y avait autre chose que la chance. Et il le savait.

7

LE PIC

Le pic Victoria était le point culminant de Hong-Kong, une toile de fond composée d'arbres vert sombre et de buissons parsemés de fleurs, qui s'élevait à cinq cent cinquante mètres au-dessus de la ville. Sur cette île surpeuplée et bourdonnante, le Pic était davantage qu'un simple parc. C'était un lieu d'évasion, un endroit où trouver une brise fraîche pendant les journées suffocantes d'été, et un peu d'air pur après la poussière et les miasmes des pots d'échappement. La ville avait tenté de s'étendre sur ses flancs, mais le Pic était trop abrupt, même pour les promoteurs les plus déterminés.

VENEZ AU PIC
À TREIZE HEURES.

C'était probablement au sommet, non au pied du Pic, et Will connaissait le meilleur chemin pour y monter. Erica Mortiss le lui avait indiqué le matin même : un funiculaire tracté par un câble solide qui grimpait et descendait à longueur de journée pour transporter les touristes. Will trouva le guichet des tickets derrière l'hôtel Hilton sans aucune difficulté et acheta un aller-retour. Cela lui coûta pratiquement tout l'argent qu'il possédait, mais en apercevant la voie qui s'élevait presque à la verticale, il décida que c'était une dépense justifiée.

« Je regrette d'être venu à Hong-Kong. L'année prochaine, nous resterons en Angleterre pour les vacances. »

L'homme qui venait de parler ainsi était un gros Anglais vêtu d'une chemise bariolée, qui s'éventait la figure avec son portefeuille, tandis que sa femme s'efforçait de lire un guide.

« Il est un peu tard pour dire ça, Roger, grimaça la femme.

— Je me demande ce qui se passe dans cette ville, poursuivit son mari. La population est inhospitalière. Il n'y a pas de vie la nuit, pas de vie le jour. En fait, il n'y a pas de vie *du tout* ! »

Will n'avait donc pas tout imaginé. C'était comme si une épidémie de peste s'était abattue sur Hong-Kong et que les habitants aient décidé d'étouffer la nouvelle pour ne pas effrayer le reste du monde. Mais tous savaient. Will l'avait vu sur leurs visages, dans la rue et sur le ferry. Ils vivaient dans un mensonge. Ils étaient terrifiés. Le mal rongeait la ville tout entière.

Un couinement se produisit quand le funiculaire vert et blanc, en forme de minibus, glissa dans la gare. Normalement, il aurait dû contenir soixante ou soixante-dix passagers entassés sur les banquettes étroites. Or, lorsque les portes s'ouvrirent avec un déclic, personne n'en sortit. Il avait cessé de pleuvoir, mais les nuages ne s'étaient pas dispersés et la vue du haut du Pic devait être aussi spectaculaire qu'à travers un rideau de douche. Un gardien en uniforme s'approcha pour soulever une barrière en fer, et Will suivit le couple d'Anglais dans le funiculaire. Ils étaient les seuls à faire le trajet. Will frissonna. Il aurait préféré avoir plus de monde autour de lui.

Un second homme en uniforme était assis devant les manettes, à moitié endormi. Il pressa un bouton, et les portes se refermèrent. Puis il y eut une pause, et enfin le funiculaire s'ébranla pour une nouvelle ascension.

Will avait choisi la banquette à l'avant, entourée de vitres. Il observa le câble qui tractait l'engin, sans heurts et en silence, sur le flanc de la colline. Le Pic était plus abrupt encore qu'il ne l'avait cru : on aurait dit le début d'un circuit de Grand 8 dans une fête foraine, et il fallait faire un effort pour se rappeler que ce n'était pas les arbres et les immeubles qui s'inclinaient bizarrement, mais le funiculaire lui-même. Une subite bourrasque de pluie fouetta les vitres, masquant le panorama. Will s'adossa contre son siège.

Il songea à son père. Jamais il ne s'était vraiment senti proche d'Edward Tyler. La séparation de ses parents n'avait rien arrangé mais, depuis quelques années, son père avait tellement travaillé que Will l'avait vu de moins en moins. Et à chacune de leurs retrouvailles, c'était toujours la même chose. Des cadeaux. Une nouvelle chaîne stéréo, une calculette, une planche à roulettes, n'importe quoi. Mais rien d'autre. Edward Tyler ne lui avait jamais donné de temps.

NE FAITES CONFIANCE
À PERSONNE.

Will avait sorti le message de sa poche, et il le relut pour la troisième ou quatrième fois. Le garçon de son rêve, Martin Hopkins, avait dit exactement la même chose. « Ce n'était qu'un rêve », se murmura Will. Mais, si ce n'était qu'un rêve, pourquoi cette impression de réalité, et pourquoi le gardait-il en mémoire ? Il n'avait jamais rencontré Martin Hopkins, pourtant il sentait qu'il le connaissait. Cela n'avait aucun sens. Will se demanda s'il ne devenait pas fou.

Prenant de la vitesse, le funiculaire dépassa le premier palier sans s'arrêter. KENNEDY ROAD, indiquait une pancarte. 184 mètres au-dessus du niveau de la mer.

NOUS SOMMES VOS AMIS.

A chaque minute qui passait, le câble le hissait de quelques mètres le long de la côte. Will se faisait l'impression d'une mouche dans une toile d'araignée. Ses seuls amis se trouvaient à Londres. Dans une dizaine de jours, ils retourneraient au collège. Le collège ! Les y rejoindrait-il un jour ? L'espace d'un instant, Will se sentit perdu et seul ; il regretta d'être venu à Hong-Kong.

LOTUS BLANC.

Ces mots au bas du message le troublaient plus que tout. Il les avait déjà vus auparavant, il en était certain, mais où ? Encore une énigme.

Le funiculaire ralentit, puis s'arrêta. Les portes s'ouvrirent. Will sortit.

Il se retrouva dans un bâtiment très éclairé, moderne, entouré de boutiques de souvenirs qui semblaient toutes fermées. Sur un côté, des portes vitrées ouvraient sur une sorte de terrasse. C'est là que se dirigèrent l'Anglais et sa femme. A nouveau, Will se retrouva seul. Il jeta un dernier coup d'œil au message. « Le sentier des coureurs. » Qui pouvait s'amuser à courir par ici ? Will froissa le morceau de papier dans sa poche, franchit la porte principale et sortit.

Il déboucha dans une cour ouverte, avec une étroite route exposée au vent, qui filait tout droit. La gare se composait de quelques bâtisses, comprenant un café et quelque chose comme des bureaux mais, à cette exception près, le sommet du Pic était dégagé et verdoyant. L'air aussi était différent. Il paraissait plus vif, plus pur et, après la chaleur poisseuse de la ville, presque froid. Will s'arrêta un instant pour laisser la brise fraîche l'apaiser. Une sorte de crachin semblait rester en suspension dans l'atmosphère sans se décider à tomber. Sa chemise était déjà humide. Il frissonna et regretta d'avoir oublié sa veste.

« Et maintenant ? » dit-il à mi-voix.

Il les entendit avant de les voir, à cause du martèlement des chaussures de sport sur le ciment du chemin. Quatre hommes apparurent, courant dans sa direction, vêtus de survêtements colorés. C'étaient de gros hommes d'affaires qui couraient pour garder la ligne. Ils semblaient au bord de la crise cardiaque. Leurs visages étaient écarlates, leurs bandeaux trempés de sueur, et leur halètement collectif aurait effrayé un troupeau de bisons. Ils dépassèrent Will avec des grognements terribles et disparurent vers le bas de la colline.

LE SENTIER DES COUREURS.

Will traversa la route pour examiner le chemin par lequel étaient arrivés les quatre hommes. Il serpentait entre les arbres en suivant le flanc du Pic. A une cinquantaine de mètres en contrebas, se dressait un panneau montrant la silhouette d'un homme en train de courir. On y lisait : « Jogging, Étape n° 1 ». De toute évidence les « joggers » — ou coureurs — étaient censés suivre les flèches d'une sorte de parcours de santé autour du Pic. Will était donc au point de rendez-vous.

Mais il était en avance : midi et demi seulement. Il jeta un regard en arrière vers la gare du funiculaire en se demandant s'il devait retourner à l'intérieur et dépenser ses dernières pièces de monnaie pour un Coca Cola. Non. Il avait le temps d'inspecter les environs. Lentement, il s'engagea sur le chemin qui contournait le Pic en descendant en pente douce, entre la façade rocheuse et un ravin boisé. Au bout de deux cents mètres, Will s'arrêta. Il n'y avait personne derrière lui, et personne devant. Pourtant, son malaise persistait. Il serait tellement facile de le prendre au piège dans ce sentier étroit...

Lotus Blanc. Où avait-il déjà vu ça ? Will pressa le pas. Qui que soient ceux qui se cachaient derrière le Lotus Blanc, s'ils lui offraient un billet de retour pour Londres, il leur serait reconnaissant jusqu'à la fin de ses jours.

Le sentier devint plus escarpé et le rideau d'arbres s'éclaircit pour lui laisser deviner un panorama qui, par beau temps, devait être splendide. Mais ce jour-là on ne voyait qu'une masse grise, qui pouvait bien être le ciel ou la mer, ou bien les deux. Le Pic tout entier était enveloppé de nuages qui étouffaient les bruits et la vue. Plus lentement maintenant, effrayé sans savoir pourquoi, Will progressa de quelques pas vers l'angle du sentier. Une cascade naturelle jaillissait de la roche sur sa droite et ruisselait sous le chemin. Soudain résonnèrent des bruits de conversation. On parlait de lui... En tournant le coin, Will reçut un choc. Il eut l'impression que le sol s'ouvrait sous ses pas.

Le Chinois de Hyde Park était assis sur un banc, toujours chaussé de ses souliers en croco. Il n'était pas seul. Quatre jeunes gens se tenaient devant lui, vêtus de jeans et de chemises blanches, et l'écoutaient parler. Le Chinois leva les yeux et aperçut Will. Au même instant, Will se rappela où il avait vu écrits les mots Lotus Blanc. Ils étaient peints sur la camionnette qui l'attendait à Queen's Gate. Lotus Blanc — Traiteur.

« Là... ! »

Le Chinois avait levé son parapluie et crié dans sa direction. Will ne savait pas exactement s'il s'était exprimé en anglais ou en cantonais. Les quatre jeunes gens se retournèrent. Personne ne bougea. Alors Will tourna les talons et s'enfuit en courant.

Le chemin était glissant. Il savait qu'il risquait de déraper et de tomber aux mains des hommes de Lotus Blanc. Pourtant, il continua de courir. Son épaule heurta le rocher au tournant du chemin. Derrière lui, il entendait les pas de ses poursuivants. Il s'attendait à sentir d'un instant à l'autre une main agripper son bras, mais son cerveau hurlait à ses jambes d'aller plus vite et il continua de gravir la côte en direction de la gare. Une femme qui promenait son chien obstruait le passage. Il parvint à sauter par-dessus la laisse. L'essentiel était de rejoindre la gare. Là-bas, il y aurait des touristes attendant le funiculaire, des gardiens en uniforme. Il serait en sécurité.

Mais la gare était déserte. Le funiculaire se trouvait à mi-parcours. Il n'y avait ni touristes ni gardiens. Will se retourna. Les quatre hommes n'avaient pas encore atteint la porte, mais c'était le premier endroit où ils viendraient. Tout en se maudissant de n'être pas redescendu à pied, Will chercha une cachette.

Il n'avait guère le choix. Les boutiques de souvenirs avaient fermé pendant l'heure du déjeuner, et il y avait une grille verrouillée devant la voie du funiculaire. Restaient donc seulement l'escalier qui menait à une sorte de restaurant, et les baies vitrées coulissantes qu'il avait remarquées à son arrivée. Will n'avait plus le temps de réfléchir. Jugeant préférable de sortir à l'air libre, il opta pour les baies vitrées.

C'était une erreur. Dehors, il y avait une étroite terrasse avec une rangée de télescopes gris qui se dressaient, inutiles et moroses, dans la bruine. Les deux extrémités de la terrasse étaient obstruées. Impossible d'enjamber le parapet, la dénivellation était trop importante. Will ne pouvait que faire demi-tour. Mais il était trop tard. A travers les vitres voilées par le crachin, il aperçut les quatre hommes qui pénétraient en courant dans la station. L'homme aux chaussures de crocodile arriva quelques secondes après, en s'essuyant le front avec un mouchoir. Ils échangèrent quelques mots et se séparèrent. L'un des hommes avança vers les baies vitrées.

Will recula, le dos contre la balustrade. Soudain, il sut ce qu'il devait faire. D'un seul mouvement, il se hissa sur la glissière et l'enjamba. Puis, aussi vite qu'il le pouvait, il se baissa et agrippa les barreaux de fer. Au moment où le Chinois ouvrait la baie vitrée, il dégagea ses pieds. Il y eut un choc violent dans ses bras, et les barreaux de fer meurtrirent ses doigts quand son corps se balança dans le vide. Seuls ses doigts restaient visibles. Si l'homme ne baissait pas les yeux, il croirait la terrasse déserte.

Will avait l'esprit vide. Toute son énergie était concentrée dans ses bras. S'il lâchait prise, il risquait de se casser une jambe, peut-être même le cou. Quelque part au-dessus de sa tête, son poursuivant faisait du bruit. L'homme semblait vouloir s'éterniser là. Il y eut un grattement que Will ne put identifier, puis une allumette enflammée frôla son épaule. Il comprit que l'homme se tenait juste au-dessus de lui et venait d'allumer une cigarette. Will brûlait d'envie de lever la tête, mais il s'efforça de rester parfaitement immobile, toujours suspendu au balcon. Enfin, il entendit la porte vitrée coulisser de nouveau. Il compta jusqu'à cent avant d'oser bouger.

Il était plus difficile de se redresser qu'il ne le pensait, car ses pieds n'avaient aucun point d'appui, et ses bras supportaient tout le poids de son corps. Il inspira un grand coup et tira de toutes ses forces, mais il était trop fatigué pour se hisser plus haut que le torse. Alors, il retomba et essaya de se balancer de droite à gauche. Par miracle, il parvint à poser un talon au bord de la terrasse. Après, ce fut plus facile. Mais quand, enfin, il se retrouva à côté des télescopes, avec le crachin qui se mélangeait à la sueur dans ses cheveux et ses yeux, des marques profondes zébraient les paumes de ses mains, et ses bras et son dos semblaient aussi raides que si on venait de les décrocher d'un portemanteau après une saison d'attente.

Il jeta un coup d'œil par les fenêtres. Ses poursuivants avaient dû partir. Le funiculaire venait juste d'arriver. Il reconnut les deux touristes anglais. Sans hésiter, Will ouvrit la baie vitrée et les rejoignit en se disant qu'il serait plus en sécurité avec eux. Il traversa la station à pas rapides et s'engouffra dans le funiculaire juste derrière le gros Anglais et sa femme. Le conducteur avait changé, mais il n'y avait personne d'autre. Les portes se refermèrent. L'engin s'ébranla. Pour la première fois, Will se détendit. Dans quelques minutes, il se fondrait dans le cœur animé de la ville, et personne ne le retrouverait...

« Je suis certain que je l'avais en sortant de la boutique », remarqua l'Anglais. .

Apparemment, il avait perdu son portefeuille.

« Tu dois l'avoir oublié sur le comptoir, répondit sa femme.

— Il faut retourner. »

Le funiculaire atteignit le premier palier, à

quelques minutes du sommet. Les portes s'ouvrirent et les deux touristes sortirent. Il y eut une pause. Le conducteur baissa la main sur ses manettes. Soudain, un homme bondit dans le funiculaire. Il semblait avoir couru pour l'attraper. Will se tassa dans son siège. C'était l'homme aux chaussures de crocodile...

Les portes se refermèrent et le funiculaire reprit sa descente presque verticale. Will se tenait à l'avant, à côté du conducteur. Le Chinois s'avança lentement vers lui. Will jeta un coup d'œil vers la porte, mais il ne pouvait espérer aucune issue par là.

« Aidez-moi... », dit Will au conducteur.

L'homme se contenta de le regarder en souriant.

« Will... »

C'était le Chinois qui venait de parler, il tendait les mains dans un geste amical. Mais Will recula, les poings serrés. Il ne voulait rien entendre. Il ne voulait rien savoir. Il savait seulement qu'il se battrait jusqu'à son dernier souffle et qu'il ne se laisserait pas prendre.

L'homme dut le deviner, car il hocha la tête d'un signe de regret. Will ne comprit pas. Ils n'étaient que tous les deux dans le funiculaire, plus le conducteur. Alors qui... ?

Le conducteur. Will ne s'était pas occupé de lui mais, soudain, il sentit un bras se refermer autour de son cou sans qu'il pût rien faire. Puis un tampon se pressa sur son nez. Will eut beau se débattre, le conducteur était trop fort. Un produit imbibait le tampon. Ça empestait le miel, le fruit pourri et le parfum. Will sentait les effluves lui monter à la tête et lui alourdir les paupières. Ses jambes se dérobèrent, et il cessa de se débattre. Pourtant, le conducteur continua de le soutenir solidement.

Will fit un dernier effort pour regarder par la vitre. Le funiculaire avait atteint la partie la plus raide de la pente, et il sembla gagner de la vitesse, hors de contrôle. La végétation défila à toute allure le long des vitres, comme un brouillard de verdure. Et, droit devant, apparut une sorte de gros trou noir qui s'apprêtait à les recevoir. Le conducteur... les manettes de contrôles... Will ouvrit la bouche pour crier, mais le funiculaire plongea dans le trou noir et l'obscurité l'engloutit.

8

LE LOTUS BLANC

Will se réveilla lentement et émergea de l'épaisse nuit parfumée qui l'enveloppait. Il était allongé tout habillé sur une sorte de lit, dont il sentait le matelas dur sous la paume de ses mains. Il ouvrit les yeux, mais les rayons du soleil couchant, qui filtraient à travers les lattes d'un volet de bois, l'aveuglèrent. Il se redressa en se frottant les paupières. Tout d'abord, il crut souffrir des effets de la drogue qu'on lui avait administrée pour l'endormir. Les murs de la chambre étaient incurvés, et il avait l'impression que le sol bougeait sous lui. Mais dès qu'il fut debout, il comprit que la pièce était réellement ainsi. Avec des parois incurvées, un plafond bas et un sol mouvant... Il était sur un bateau.

La porte s'ouvrit devant une jeune fille qui portait un petit plateau rond, une serviette chaude, une théière et un bol. Elle était la dernière personne que Will s'attendait à voir. C'était la fille de l'aéroport et du ferry.

« Tu te sens mieux ? demanda-t-elle en déposant le plateau.

— Oui », répondit Will machinalement.

En réalité, il se sentait nauséeux, étourdi et perdu. Il lui fallut un moment avant de s'apercevoir que la jeune fille lui avait parlé en anglais.

« Mon nom est Jen, dit-elle en lui tendant la serviette qu'il utilisa pour s'essuyer le visage et le cou. Tu veux du thé ? »

Sans attendre la réponse, elle remplit le bol d'un liquide incolore et fumant.

« Merci. »

Will prit le bol et but une gorgée en essayant de ne pas se brûler les doigts ni les lèvres. Pourquoi les tasses chinoises n'avaient-elles pas d'anses ?

« Où suis-je ? demanda Will.

— Tu es à Aberdeen.

— Aberdeen ? s'étonna Will. En Écosse ?

— Non, sourit la jeune fille. Aberdeen est un quartier de Hong-Kong. Dans la partie sud de l'île.

— Dommage, remarqua Will en reposant la tasse pour souffler sur ses doigts. J'aurais préféré l'Écosse. C'est joli, et les gens n'essaient pas de vous kidnapper.

— Ne t'inquiète pas, répondit Jen. Ici, tu es chez des amis.

— Vous avez une curieuse façon de le montrer ! »

La porte s'ouvrit et un homme entra. Will ne le connaissait que trop bien. La peau sombre, les yeux tirés par la fatigue. C'était Chaussures en Croco. D'ailleurs il les portait toujours. Elles couinèrent quand il s'avança.

« Ainsi, notre invité est réveillé », constata-t-il en regardant Will.

Il ne parlait pas anglais aussi bien que Jen, et hachait les mots comme les « méchants » des vieux films en noir et blanc que Will avait vus à la télévision.

« Comment te sens-tu ? demanda-t-il.

— En pleine forme, répondit Will.

— Je suis heureux de l'entendre, dit l'homme sans paraître remarquer l'ironie dans la voix de Will. C'était une drogue puissante, mais sans effets secondaires. Je suis désolé d'avoir été obligé de l'utiliser. Mais désormais, tu es mon invité. J'espère que tu me permettras de t'offrir à dîner.

— Quelle heure est-il ? » questionna Will.

Il se sentait encore trop faible pour soulever son poignet et consulter sa propre montre. Et puis la pièce continuait de se brouiller devant ses yeux.

« Sept heures et demie, répondit Jen. Tu as dormi environ six heures.

— Il est l'heure de dîner, répéta l'homme.

— Attendez une minute, protesta Will. J'en ai assez. Je me moque de ce que vous attendez de moi. Je veux seulement quelques réponses. Où est mon père ? Que se passe-t-il à Hong-Kong ? J'en ai assez d'être... utilisé.

— Je ne peux répondre à ta première question, dit le Chinois. Ton père n'est pas ici. J'ignore ce qui lui est arrivé. »

Will sentait sa tête tourner. Il but une autre gorgée de thé, mais il était déjà froid.

« Tu devrais manger quelque chose, lui conseilla Jen. Mon oncle t'expliquera tout...

— Ton oncle ? s'étonna Will qui ne leur trouvait aucune ressemblance.

— Je m'appelle M. Chan, dit le Chinois. Je t'en prie, Will, il faut me croire. Je ne te veux aucun mal. »

Il fit un pas en avant. Will recula.

« Ah, vraiment ? Alors pourquoi m'avez-vous amené ici ? Pourquoi m'avez-vous agressé à Hyde Park ?

— Nous t'avons intercepté à Hyde Park pour t'empêcher de venir ici, répondit M. Chang. Pour ton bien, nous ne voulions pas que tu viennes à Hong-Kong. Nous devions t'arrêter.

— Pourquoi ne pas me l'avoir demandé ?

— Nous aurais-tu écoutés ? Un parfait étranger te demandant d'annuler tes vacances avec ton père adoptif ? Tu m'aurais pris pour un fou...

— Mon opinion n'est pas encore faite, murmura Will.

— Il n'existait aucun autre moyen, insista M. Chan. Si tu ne t'étais pas aussi bien défendu, à Londres, si tu ne nous avais pas surpris par ta force et ta vivacité, rien de tout ceci n'aurait été nécessaire, ajouta-t-il avec un geste circulaire.

— Tu dois nous croire, Will, intervint Jen. Mon oncle a risqué sa vie pour t'atteindre. Tu as vu ce qui est arrivé lorsque j'ai essayé de te parler, à l'aéroport...

— Jamais je n'aurais dû permettre une telle folie », renchérit M. Chan.

Il y eut un silence. Par la porte entrouverte, derrière M. Chan, Will apercevait le ciel nocturne. Il avait besoin d'air frais.

« Je peux sortir ? demanda-t-il.

— Le dîner est servi sur le pont, dit M. Chan. Mais je t'en prie, Will, ne cherche plus à nous échapper. Laisse-nous au moins t'expliquer. Ensuite, tu prendras ta décision.

— D'accord. »

Will passa entre Jen et son oncle. Ni l'un ni l'autre n'ébaucha un geste pour l'arrêter. Rassuré, il sortit.

C'était un bateau bas et plat. Un mât à la peinture écaillée se dressait à une extrémité du pont, harnaché de cordages et de filins. Le bateau semblait vieux et triste, et Will se demanda depuis combien de temps il n'avait pas senti le vent gonfler ses voiles ou les vagues fouetter son étrave. C'était à peine plus qu'une épave, coincée dans une multitude d'embarcations similaires qui formaient une ville flottante. Les gratte-ciel qui entouraient le petit port, plus vieux et plus laids que ceux du secteur nord de l'île, se trouvaient à un peu moins de cent mètres. Mais ils auraient pu aussi bien être à cent kilomètres, car s'il y avait des aussières et des ancres pour attacher cette banlieue flottante rouillée, craquante et mourante, il n'y avait rien pour la relier à la terre ferme.

Will leva les yeux. Quatre hommes, accroupis sur le toit, montaient la garde. Tous étaient armés.

« Autrefois, il y avait ici trois mille jonques et vingt mille personnes qui y vivaient, remarqua M. Chan en rejoignant Will. Mais on les a transférés sur l'île, et bientôt, ceux qui restent suivront.

— Vous vivez ici ? questionna Will.

— Non, mais nous y sommes en sécurité. Du moins pour le moment, ajouta-t-il en faisant un signe aux hommes perchés sur le toit. Ils resteront là toute la nuit. Pour te protéger, Will, pas pour te garder.

— Je crois que vous feriez mieux de m'expliquer ce qui se passe », soupira Will.

Il y avait une table basse, d'à peine plus de trente centimètres de haut, au fond de la partie couverte du pont, avec plusieurs coussins éparpillés autour. M. Chan fit un geste et Will s'assit. La table était déjà dressée : une demi-douzaine de plats fumaient doucement dans l'air du soir. Jen apparut avec un bol de riz.

« Sers-toi », dit M. Chan.

Will obéit. Il n'avait pas réalisé à quel point il avait faim, mais la nourriture sentait bon et elle était succulente, rien de comparable avec les plats servis au *Requin d'Or*. Ses deux compagnons mangèrent avec le même appétit, sans pour autant arrêter la conversation.

« As-tu jamais entendu parler des Triades ? demanda M. Chan.

— Oui, répondit Will. J'ai lu quelque chose à leur sujet dans un livre. Les Triades étaient une organisation criminelle, une sorte de mafia chinoise, qui contrôlait le crime en Extrême-Orient. Le livre que j'ai lu décrivait ce qu'ils faisaient à leurs ennemis. On parlait de hachoirs de cuisine, et de couteaux à découper. Ce sont des truands, des trafiquants de drogue. Ils sont pires que la mafia...

— Je suis un membre des Triades, le coupa M. Chan. Les autres aussi. »

Will s'étrangla avec une bouchée de nouilles et ferma les yeux.

« Ce n'était pas un très bon livre », ajouta-t-il faiblement.

M. Chan et Jen éclatèrent de rire. Will les imita, sans bien savoir ce qu'il y avait de drôle.

« Je peux t'assurer que je ne suis pas fou, dit M. Chan. Et je n'ai jamais tué personne. Mais ton livre disait la vérité. Laisse-moi t'expliquer... Au commencement, les Triades n'étaient pas des criminels. Pour comprendre ce qu'ils étaient vraiment, il faut remonter très loin dans l'histoire de la Chine. Jusqu'au ve siècle... Il y a très, très longtemps, de nombreuses sociétés secrètes existaient en Chine. La plus respectée s'appelait la Société du Lotus Blanc. Elle n'avait rien à voir avec le crime. C'était une sorte de lieu de rencontre pour les hommes sages et mystiques. Tu les appellerais des magiciens, je suppose. Ils ne portaient pas de noms et se reconnaissaient seulement entre eux par des mots de passe et des symboles secrets. En fait, le Lotus Blanc était si secret que, même aujourd'hui, on ne sait rien sur ses membres. Regarde dans les livres d'histoire, Will. Tu verras leur nom, mais c'est tout... Comme je te le disais, la Société du Lotus Blanc ne faisait rien de mal. Mais elle avait vu le Mal véritable et se préparait au combat qu'elle prévoyait. Ce Mal aussi avait un nom.

— Les Anciens, murmura Jen.

— En Occident, vous avez l'enfer et le diable. En Orient, nous parlons de *gwei*, d'esprits malins, et de la cité souterraine de Feg-tu. Mais ce ne sont que des mots. Les Anciens régnaient sur l'Orient et l'Occident. Ils étaient les premiers. Ils étaient le Mal originel.

— Que leur est-il arrivé ?

— Ils ont été anéantis. Je sens que tu ne me crois pas, Will. Mais un peu de patience. Les Anciens furent expulsés du monde et renvoyés dans l'enfer d'où ils venaient. Toutefois, la Société du Lotus Blanc savait qu'ils reviendraient un jour. Alors, les membres du Lotus Blanc attendirent. Ils attendirent des centaines d'années. Mais les disciples des Anciens devaient se débarrasser du Lotus Blanc avant le retour des Anciens, et essayer de dresser les peuples contre lui. Tu dois comprendre, Will, que la Société du Lotus Blanc était très secrète et très magique, et que les gens ont souvent peur de ce qu'ils ne comprennent pas. C'est ce qui se produisit. Le Lotus Blanc fut persécuté, ses membres tués, les rescapés forcés de se terrer... Au cours de l'année 1344, il n'en restait que cent trente-huit, réfugiés dans un monastère à Shaolin. C'est d'ailleurs dans ce monastère qu'ils apprirent l'art de la lutte à mains nues que l'on connaît maintenant sous le nom de *kung fu*. Quoi qu'il en soit, ils furent trahis. On brûla le monastère. Cent vingt personnes périrent dans les flammes. Treize autres furent massacrées en tentant de s'échapper. Il en restait donc cinq. Rappelle-toi bien ce chiffre, Will. Cinq... Les cinq survivants sont connus chez les Chinois comme les Cinq Ancêtres. Leur chef était Han Shan-Tung. Ils connurent bien d'autres aventures, mais l'important est qu'eux seuls connaissaient les secrets de la Société du Lotus Blanc et, pour s'assurer que les secrets ne s'éteindraient pas, ils formèrent cinq nouvelles branches, ou Loges, à travers toute la Chine. La deuxième Loge se trouvait à Hong-Kong... Les Anciens n'avaient pas réussi à détruire le Lotus Blanc. Alors, ils changèrent de stratégie. Au lieu de le combattre, ils le minèrent à petit feu et, en travaillant de l'intérieur, ils le pourrirent lentement. Les cinq Loges servirent de fondement à ce que tu connais sous le nom de Triades. De nouveaux membres arrivèrent, de nouvelles générations naquirent. Doucement, les Triades changèrent. Ils continuèrent d'utiliser les mystères et l'influence du Lotus Blanc, mais perdirent de vue ses idéaux. C'étaient des criminels, ni plus ni moins. Au XXe siècle, le nom de Triades n'évoque plus que le meurtre et la folie, ainsi que tu le disais. »

M. Chan s'interrompit pour se verser un peu de thé. Non loin de là, un sampan motorisé fendit les eaux dans leur direction. L'un des gardes se raidit en le voyant s'approcher, puis se détendit en apercevant la famille chinoise entassée à l'avant, qui rentrait chez elle. Le ciel était complètement noir, maintenant, seulement ponctué d'étoiles étincelantes.

« Le Lotus Blanc existe toujours, reprit M. Chan. Jen et moi en faisons partie, ainsi que les hommes que tu as vus au Pic, la gardienne du temple Man Mo... et les autres.

— Mais quel rapport avec moi ? questionna Will. Vous ne m'avez toujours pas dit pourquoi vous m'avez amené ici.

— Tu vois cette usine, là-bas ? »

M. Chan montrait du doigt une masse informe, indistincte dans l'obscurité.

« Oui, je la vois.

— Combien a-t-elle de cheminées ?

— Cinq. »

Will commençait à s'énerver. Il en avait assez des énigmes.

« Elle a quatre cheminées, rectifia M. Chan. La cinquième est une fausse, mais on l'a rajoutée parce que "quatre", en chinois, désigne la mort, alors que "cinq" porte chance. Il y avait cinq Ancêtres. Nous croyons aux cinq dieux de la Maison. Et, pour finir, il y a cinq enfants...

— Les Cinq..., murmura Will en se rappelant son rêve.

— Les Anciens sont de retour, dit M. Chan. Ils sont venus ici, à Hong-Kong. En quelques semaines seulement, ils ont pris le contrôle de l'île tout entière. Peux-tu imaginer cela, Will ? Pas seulement un immeuble, pas seulement une rue. Tout. Et ils ne vont pas s'arrêter là. Au moment même où nous parlons, ils étendent leur pouvoir. Dans d'autres pays. Dans le monde entier.

— Pourtant, ils ont peur, intervint Jen.

— C'est exact, approuva M. Chan. Ils ont peur des cinq enfants.

— Le Cercle », murmura Will en se souvenant de son rêve.

Maintenant, il comprenait.

« Tu es l'un des Cinq, poursuivit M. Chan. Les Anciens t'ont découvert avant nous. Ils t'ont attiré à Hong-Kong pour servir d'appât. Celui qu'ils veulent est Martin Hopkins, le chef des Cinq.

— Moi, l'un des Cinq ! s'exclama Will en riant. C'est complètement fou ! Je n'ai rien de spécial. Écoutez... toute cette histoire d'Anciens, de magiciens, et tout ça... je veux dire... je veux bien vous croire si ça vous fait plaisir. Mais vous avez fait erreur sur la personne...

— Nous n'avons pas commis d'erreur, répondit Jen calmement. Et tu le sais.

— Martin Hopkins aussi le sait, ajouta M. Chan.

— Mais il ne viendra pas ! Il ne peut pas ! »

Tout était très confus ; pourtant, au fond de lui, Will avait très peur pour ce garçon qu'il n'avait jamais rencontré.

« Il est déjà en route, dit M. Chan. C'est pourquoi nous avons tenté de t'empêcher de venir ici, Will. Et c'est aussi pourquoi tu dois partir.

— Oui, je vais partir ! Et tout de suite !

— Ce n'est pas aussi simple, soupira M. Chan. Les Anciens ne resteront pas ici eux-mêmes, mais ils contrôlent la police et le gouvernement, les routes et les chemins de fer, les ports et les aéroports. Leurs agents sont partout, qui surveillent et attendent. Tu es sur une île, Will. Tu ne peux pas partir sans qu'ils te voient.

— Mais...

— Hong-Kong n'est plus une ville ordinaire. C'est un château fort. Leur château. Tu es entré dedans, et ils ont hissé le pont-levis. Même ici, sur ce bateau, nous ne sommes pas vraiment en sûreté. Tôt ou tard ils nous découvriront.

— Alors, c'est sans espoir », soupira Will en se tassant sur son siège.

Il songeait au garçon qu'il avait vu en rêve. Martin allait venir à Hong-Kong, et ils le prendraient, et tout serait sa faute. Lui, Will, l'un des Cinq ? Il avait détruit les Cinq.

« Il reste un moyen, reprit Jen.

— Vous pourriez m'emmener en bateau ! s'écria Will. C'est un port ici. Il doit y avoir des centaines de navires... »

M. Chan secoua la tête.

« Nous y avons pensé, mais c'est la première chose à laquelle ils s'attendent. Tout bateau quittant Hong-Kong va être fouillé.

— Comment, alors ? »

M. Chan regarda sa nièce qui alla s'asseoir près de Will.

« Nous avons une autre idée, dit Jen. Tu as les traits et le physique d'un Vietnamien, et nous allons en tirer avantage. Nous deux, toi et moi, pouvons partir ensemble.

— Tout juste, intervint M. Chan. Le frère et la sœur. Nous pouvons même vous trouver des parents, des agents du Lotus Blanc. Vous voyagerez en famille et, de cette façon, vous pourrez passer sous leur nez sans vous faire remarquer.

— Mais où ? demanda Will. Par où partirons-nous ?

— Pas l'aéroport, répondit M. Chan. Tu l'as vu toi-même, la surveillance est trop étroite. La route et le train sont inutiles car ils ne mènent qu'en Chine. Un bateau privé serait trop risqué. Mais il reste Macao.

— Macao ?

— Macao se situe en Chine, mais appartient encore aux Portugais. C'est une ancienne colonie, à environ quarante miles de Hong-Kong. Il y a un service de ferry quotidien, qui part à dix heures du matin. Toi et ta famille embarquerez sur celui de demain. Au même moment, nous créerons une diversion dans le port. Vous monterez à bord pendant que nous retiendrons leur attention.

— Vous avez tout prévu, remarqua Will.

— Bien sûr, nous avons tout prévu ! s'exclama M. Chan en claquant des mains. Ne vois-tu donc pas que, si tu restes ici et que Martin vienne te rejoindre, les Anciens l'attraperont ? Et si une telle chose se produit, alors ils auront gagné la dernière bataille. Ils vous tueront tous les deux. Ils nous tueront tous. Et, ensuite, ils lanceront le signal. Ce sera le début du chaos. Entre eux et l'univers, il n'y aura plus aucun obstacle. »

9

LE GUIDE DES MORTS

Will scrutait la nuit, debout sur le pont du bateau. La mer était noire, la lune voilée par un amas de nuages, mais des lumières rouges, blanches et vertes se reflétaient dans l'eau. Il savait que c'était simplement le reflet de la ville, mais on aurait cru une seconde cité, engloutie à un mile de profondeur. Était-ce ce qui était arrivé à Hong-Kong ? Une force démoniaque et glacée avait-elle surgi comme un raz de marée et englouti la ville en laissant les lumières briller et la vie continuer, mais interdisant à quiconque de s'en échapper ?

Derrière lui, Will entendit une porte s'ouvrir, puis se refermer. Il se retourna. M. Chan lui avait assuré qu'il était en sécurité sur le bateau. Les quatre gardes resteraient à leur poste toute la nuit et partiraient avant l'aube. Will savait aussi que les bateaux amarrés de part et d'autre du leur appartenaient à des amis du Lotus Blanc. Tout le monde ignorait sa présence ici. Et personne ne pouvait approcher à moins d'avoir un bateau ou de nager. Pourtant Will n'arrivait pas à se reposer. Le moindre mouvement le rendait nerveux et les craquements, les cliquetis, les grincements des jonques en perpétuel mouvement, amarrées bord à bord dans le petit port, ne cessaient jamais. Après s'être tourné et retourné sur sa banquette pendant deux heures, il avait fini par abandonner tout espoir de dormir, et par sortir sur le pont. Apparemment, Jen ne dormait pas mieux. Elle l'avait rejoint et se tenait près de lui, tout habillée.

« Quelle heure est-il ? » demanda-t-elle.

Will orienta sa montre de façon à intercepter un reflet de l'eau sur le cadran.

« Onze heures et demie.

— Tu ne pouvais pas dormir ?

— Non.

— Moi non plus. »

Ils restèrent silencieux, écoutant le clapotis des vagues contre la coque de la jonque. Un éclair jaune troua l'obscurité au-dessus d'eux, quand l'un des gardes alluma une cigarette. Will suivit des yeux l'orbite de l'allumette qui alla mourir dans l'eau.

« Comment est-ce arrivé ? demanda-t-il. Je veux dire... Hong-Kong et les Anciens. D'où venaient-ils ?

— Tu veux vraiment le savoir ?

— Oui.

— Ça s'est passé une nuit, commença Jen lentement, comme si elle avait peur de se souvenir. Tu dois comprendre, Will. Tout est différent, ici. Pour les Chinois, les fantômes et les démons — ou les créatures telles que les Anciens — n'existent pas seulement dans les contes. Ils sont réels. Ils vivent dans la rue, dans les maisons, dans la mer... partout.

— Bon, mais que s'est-il passé ?

— Cela a commencé avec le Guide des Morts, poursuivit Jen en regardant Will frissonner. Les Guides des Morts sont des gens (des magiciens) qui ont le pouvoir de faire sortir les morts de leur tombe. La pire chose qui puisse arriver à un Chinois est de mourir loin de sa maison car, dans ce cas, son corps ne peut trouver le repos. Aussi les Guides des Morts aident-ils les défunts à se relever et à rentrer chez eux.

— Et tu crois à ça ? demanda Will.

— Il y a moins d'un an, les morts ont traversé Hong-Kong. Je le sais, Will. J'étais là. Je les ai vus.

— Qu'est-ce que tu as vu ?

— A l'époque, je vivais sur le continent, à

Kowloon. Je me souviens... C'était une nuit froide, bien plus froide que les nuits d'ici. Tout le monde sentait que quelque chose allait se produire, sans savoir quoi. Les animaux devenaient fous. Même les poulets du marché défonçaient leurs cages pour essayer de s'échapper. Et il y avait dans l'air une horrible odeur de charogne. On ne pouvait pas manger, la nourriture était imprégnée de cette puanteur. Il était onze heures du soir, personne ne dormait. On attendait. On savait que quelque chose allait arriver... Et puis à minuit, exactement, les lumières se sont éteintes. Il s'est produit un court-circuit dans la centrale électrique principale. Deux personnes ont péri carbonisées. Les écrans de télévision sont devenus noirs, les feux de circulation, l'éclairage des rues, les trams, le métro... tout s'est arrêté. La lune était pleine, cette nuit-là, Will, mais des nuages se sont rués sur elle pour l'étouffer et la lune aussi s'est éteinte. La circulation s'est figée. Dans chaque appartement, chaque bureau, les gens se tenaient devant les fenêtres pour regarder... Et puis ils sont arrivés. Ils descendaient du nord, de la Chine. Ils ont traversé Kowloon et pénétré dans le centre de Hong-Kong. Certains racontent qu'il y avait une femme à leur tête, une grande femme étrangère, et que c'était elle, le Guide des Morts qui les avait tous réveillés...

— Erica Mortiss, murmura instinctivement Will.

— Personne ne sait combien ils étaient. Peut-être cent, peut-être deux cents. Mais en les voyant approcher, les gens se détournaient pour se cacher. Quelques-uns perdirent la raison. Ils étaient une armée, Will. Ils avançaient lentement dans les rues, dans le noir, et disparurent dans le cœur de Hong-Kong.

— Tu les as vus ?

— J'étais dehors, cette nuit-là. Je ne sais pas ce que j'ai vu. Des haillons gris... des yeux jaunes et luisants. Ils descendaient une colline dans ma direction. Je voulais m'enfuir, mais mes jambes refusaient de bouger. C'est alors que mon oncle m'a attrapée pour m'entraîner dans un immeuble. Il a refermé la porte, et nous sommes restés là jusqu'à l'aube. Je ne l'avais jamais vu avoir peur. Mais cette nuit-là, il était effrayé. Nous l'étions tous.

— Que s'est-il passé ensuite ?

— Rien. Et tout. Les choses ont commencé à changer. Au début, c'était très lent et les gens extérieurs à la ville, les touristes et les visiteurs, ne remarquaient rien de différent. Même encore maintenant. Pourtant les gens qui dirigeaient la ville avaient changé. Certains ont tout simplement disparu. Ceux qui osaient protester étaient tués. Réfléchis, Will. A Londres, as-tu jamais rencontré les gens qui font les lois ? Sais-tu ce que fait la police, et pourquoi ? Qui dirige vraiment ta vie ? Dans n'importe quelle ville, les dirigeants sont invisibles, et ils l'étaient aussi à Hong-Kong. Mais toi et moi savons ce qui s'est produit. Les Anciens ont pris le pouvoir... »

Au loin, un carillon sonna le quart de l'heure. Will vérifia de nouveau sa montre. Minuit et quart. Quelque chose plongea dans l'eau noire. Il tourna vivement la tête pour scruter l'obscurité. Sur le toit, l'un des gardes jeta quelques mots d'alerte et pointa son arme.

« Ce n'est rien, dit Jen. Juste un rat d'eau.

— Tu es sûre ? »

Will s'était efforcé de ne pas croire son histoire, de se persuader que tout cela n'était qu'une invention délirante, un mauvais rêve, qu'il allait se réveiller au petit matin et que tout redeviendrait normal. Mais, en même temps, il savait qu'Erica Mortiss était le Guide des Morts et que, en dépit de tous ses efforts, il ne lui avait pas encore échappé. Elle le recherchait. D'une façon ou d'une autre, bientôt, elle le retrouverait.

Mortimer Mortiss, président de la Première Banque Mondiale, se tenait debout dans la silencieuse salle de conférences, les mains croisées derrière le dos. Il regardait les lumières scintillantes du port, une vue qu'il détestait. Il avait peur des bateaux. Ce n'était pas seulement le mal de mer. Il avait peur des bateaux comme certains ont peur des araignées, et il avait la conviction qu'il serait, un jour, tué par un bateau. C'était devenu une obsession. Une fois, comme Will, il avait tiré les baguettes de bonne aventure au temple Man Mo, et la prédiction s'était confirmée. « Un bateau causera votre mort. Vous ne pourrez y échapper. » Mortimer Mortiss habitait dans le centre de l'île. Jamais il ne s'approchait de l'eau. Dans la journée, les fenêtres de son bureau qui donnaient sur les quais restaient soigneusement fermées et les rideaux tirés.

Il se détourna et revint vers la table de conférence en pinçant les narines. La pièce sentait le poisson. Il jeta un regard de colère à la personne assise au bout de la table et qui était en train de tricoter. Bien qu'elle eût passé trois heures dans sa baignoire, Erica Mortiss transportait encore avec elle l'odeur du Marché Central.

« Ne me regarde pas ainsi, Mortimer chéri, minauda-t-elle. Je te l'ai déjà dit. Ce n'est pas ma faute. Ce vaurien m'a bousculée...

— D'habitude, tu es plus efficace, mon amour, répondit Mortimer. Si nos employeurs l'apprennent...

— J'ai glissé, voilà tout ! s'emporta Erica en agitant ses aiguilles à tricoter plus frénétiquement que jamais. Tu me laisseras le tuer, n'est-ce pas, Mortimer chéri ?

— Je verrai, répondit son mari en s'asseyant près d'elle. Que tricotes-tu ?

— Une écharpe pour mon mari adoré, roucoula Erica. Nous retrouverons le gamin. Peut-être sais-tu déjà où il se cache ? »

Mortimer hocha la tête.

« J'ai reçu un rapport, ce soir. On l'a vu de l'autre côté de l'île, à Aberdeen.

— Alors qu'attends-tu ?

— Un bateau, grommela Mortimer en se trémoussant sur sa chaise. Il se cache sur un bateau et je...

— Laisse-moi m'en occuper à ta place », proposa Erica en se penchant pour déposer un baiser sur son front.

Sa bouche se colla à la peau blême et moite comme une bernique. Elle éprouvait presque de la tristesse à la pensée de le tuer un jour, lui aussi. Mais elle ne voulait partager le pouvoir avec personne. Lorsque les Anciens la récompenseraient de son travail, elle dirigerait Hong-Kong toute seule.

« Merci, ma chérie », murmura Mortimer en se demandant s'il étranglerait Erica ou bien s'il l'empoisonnerait, le moment venu.

Elle avait commis une erreur, et il détestait les erreurs.

« Laisse-moi m'occuper de cela », répéta Erica Mortiss en se levant.

Elle se dirigea vers la fenêtre et Mortimer frissonna. Il connaissait le pouvoir de la femme qu'il avait épousée. Maintenant, il le sentait. Le Guide des Morts...

Elle s'arrêta devant la fenêtre et porta au loin un regard qui était soudain devenu plus noir que la nuit même. Ses mains, qui tenaient toujours les aiguilles à tricoter, s'élevèrent lentement.

« Aberdeen, murmura-t-elle. Trouvez-les. Amenez-les-moi. Aberdeen. Allez là-bas tout de suite... »

11 h 55. Encore cinq minutes avant minuit.

Malgré sa fatigue, Will ne se décidait pas à aller se coucher. Il se sentait plus en sécurité à l'air libre, au milieu de l'eau et sous l'œil des quatre gardes armés. Jen revint de la cuisine avec une petite bouteille et deux tasses.

« Encore du thé ? demanda Will.

— Non, c'est du saké. De l'alcool de riz. Ça t'aidera à dormir. »

Will prit la tasse. C'était chaud au toucher et l'odeur était sucrée et forte. Il en but une gorgée et sentit le liquide lui réchauffer l'estomac.

« Est-il vraiment ton oncle ?

— M. Chan ?

— Oui.

— Non, sourit Jen en secouant la tête. Pourquoi poses-tu cette question ?

— Il ne te ressemble pas.

— Eh bien... si tu veux savoir, il m'a achetée, lui confia Jen en roulant sa tasse entre ses paumes.

— Achetée ? »

Jen posa la tasse sur la balustrade et leva les yeux vers les nuages à la recherche de la lueur pâle de la lune.

« Je suis vietnamienne, reprit-elle. Comme toi. Mes parents étaient des réfugiés. Il y a quatre ans, j'avais neuf ans, ils ont embarqué sur un bateau dans la péninsule de Ca-Mau, dans le Sud du Vietnam, dans l'espoir de voguer jusqu'en Thaïlande. Tous les hommes ont été tués... ainsi que les femmes. On m'a emmenée à terre pour me vendre comme esclave. M. Chan m'a achetée. C'est aussi simple que ça. Il m'a adoptée comme on t'a adopté. Et maintenant je vis avec lui.

— Des pirates ? dit Will en la dévisageant.

— Nous sommes en Orient, Will. Il se produit encore ici des choses qui n'existent plus en Occident que dans les livres d'histoire. Ça m'est arrivé. Sans le Lotus Blanc et M. Chan, je serais encore... » Elle s'interrompit en frissonnant. « J'aimerais que la lune brille un peu. Il fait si sombre.

— Alors regarde bien », répondit Will.

Il se souvint de ce qu'il avait réussi à faire au Marché Central. Y réussirait-il encore ? Il pointa le bras et sentit les premiers frémissements de son pouvoir naître en lui. Avec précaution, délibérément, il le canalisa vers l'extérieur, le long de son bras tendu, droit vers le ciel.

Et les nuages se déplacèrent.

Sous le regard stupéfait de Jen, ils refluèrent et une trouée se déchira à l'endroit précis désigné par Will. Elle vit les nuages aspirés en arrière par quelque force invisible, puis la lune parut, éclatante, au milieu de l'incroyable fenêtre qui venait de s'ouvrir.

Cette fois, ce fut elle qui dévisagea Will.

« C'est toi qui as fait ça ! s'exclama-t-elle.

— Oui », répondit Will en baissant le bras.

Il regarda ses mains et prit peur tout à coup. Il avait accompi cela sans effort. Quel pouvoir restait en lui, prêt à se déchaîner ?

La lune illuminait maintenant le port tout entier, faisant miroiter l'eau de reflets argentés, et inondant de sa clarté les surfaces polies en métal ou en bois des bateaux.

Ce fut la lune qui les sauva.

Jen le vit la première. La surface de l'eau, jusque-là lisse comme un miroir noir, se fendit sous la poussée de quelque chose venant des profondeurs. C'était un homme, ou une créature qui ressemblait à un homme, la face cachée sous une capuche grise qui se prolongeait sur ses épaules et s'enfonçait dans l'eau. Lentement il se redressa, les bras et le torse hors de l'eau, comme s'il se tenait sur une sorte de plate-forme. Il brandissait une épée tordue en fer rouillé arrachée aux profondeurs. Quand la pointe transperça l'air nocturne, il leva la tête et ses yeux, deux points de feu, étincelèrent dans la noirceur caverneuse de son visage.

Il n'était pas seul. Sous les yeux de Will, l'un des hommes perchés sur le toit poussa un cri étranglé et tomba à la renverse, les mains crispées sur un pieu en fer qui lui avait perforé la poitrine avant de ressortir dans son dos. Un coup de feu éclata, et la créature qui l'avait tué retomba du toit de la jonque, amas d'os et de pourriture. Les deux corps touchèrent l'eau en même temps.

La lune éclaira la scène, si horrible si inconcevable que Will n'éprouva ni frayeur, ni dégoût, ni rien d'autre. Il ne pouvait que rester là et regarder, en s'efforçant de se convaincre que c'était bien réel et qu'il était au plein cœur de l'action. Ils étaient environ quarante. Ils avaient nagé vers les bateaux de toutes les directions, mais sous l'eau, de façon à n'être pas repérés. Cependant ils n'avaient pas d'équipement de plongée. Ils n'en avaient pas besoin, car ils ne respiraient plus depuis des années. Ils venaient du cimetière, envoyés par le Guide des Morts pour capturer Will et tuer tous ceux qui se trouvaient sur leur chemin. Certains avaient déjà atteint les bateaux voisins et grimpaient à bord, en s'agrippant de leurs doigts décharnés sur les plats-bords comme des araignées, pour soulever leur tas de haillons. D'autres étaient encore dans l'eau. Seules leurs épaules et leurs têtes étaient visibles, et leurs yeux orange étincelaient comme des allumettes qui refusent de s'éteindre. Les jonques étaient cernées. Et les créatures approchaient pour le massacre.

D'autres coups de feu éclatèrent. Un autre corps tomba à l'eau, puis un deuxième garde poussa un hurlement, taillé en pièces. L'une des créatures approcha à quelques mètres de Will et il sentit sa puanteur, une horrible odeur douceâtre qui rappelait celle d'une viande oubliée en plein soleil. L'un des gardes fit feu, et la créature sembla se casser en deux, la tête et le torse d'un côté, les jambes de l'autre. Will était incapable de bouger. Dix secondes s'étaient déjà écoulées depuis l'apparition de la première créature, et il n'avait encore rien fait.

Jen poussa un cri.

Une créature venait de jaillir sur le côté du bateau et de lui saisir la cheville. Will vit la main droite, blanche et dégoulinante, crispée sur la cheville de la jeune fille, tandis que la main gauche remontait pour prendre le couteau ébréché qu'elle serrait dans sa bouche. Will se retourna pour chercher une hache, une barre de fer, n'importe quoi qui pourrait lui servir d'arme. Mais il n'y avait rien. Puis il aperçut la bouteille de saké posée près d'un cordage enroulé. D'un seul mouvement il la ramassa et la brisa contre la rambarde, avant de bondir en avant pour planter le verre acéré dans le bras de la créature. Celle-ci hurla en lâchant Jen et tomba à la renverse. Une sorte de pus verdâtre éclaboussa le pont. Will attira Jen à lui et chercha une issue.

C'est alors que la porte s'ouvrit devant M. Chan. Il y eut deux nouveaux coups de feu, un autre plongeon dans l'eau.

« Par ici ! » cria M. Chan.

Will et Jen se ruèrent à l'intérieur de la cabine, mais Will savait que c'était sans espoir, car les créatures n'allaient pas tarder à tuer le dernier garde et à les rattraper. Toutefois, ce n'était pas le moment de discuter. M. Chan avait verrouillé la porte derrière eux, avant qu'il ait pu dire un mot. Il s'arrêta en haletant sous la lumière de la cabine. Presque au même instant, un choc brutal ébranla la porte.

Ils étaient pris au piège.

Will reconnut la cabine dans laquelle il

s'était réveillé quelques heures plus tôt. A ce moment-là, il croyait que la porte était la seule issue. Or, M. Chan venait de s'agenouiller près de l'une des cloisons et d'empoigner deux crochets en bois. Des coups de feu retentirent, puis un fracas de bois brisé. Une barre de fer venait de percuter la porte, si violemment que sa pointe apparut un instant avant d'être retirée. Will quitta M. Chan des yeux pour fixer la porte. Un second coup l'ébranla de nouveau, et la cloison entière en trembla. Il leur restait à peine dix ou quinze secondes. Ensuite, les créatures leur fondraient dessus.

M. Chan tira sur les crochets et enleva une section de la paroi.

« Vite, Will ! » cria M. Chan, tandis que Jen le poussait en avant.

Il plongea dans l'ouverture alors qu'un nouveau coup faisait trembler la porte de la cabine. Jen se faufila près de lui dans l'obscurité, puis M. Chan referma la trappe derrière eux. Une fraction de seconde plus tard, Will aperçut une lumière devant lui. Jen le poussa en avant. Par un trou dans le plancher, il vit l'eau clapoter en dessous. Jamais il n'aurait suspecté l'existence d'un passage secret sur un bateau ! C'était pourtant ce que le Lotus Blanc avait aménagé. Le passage menait dans le bateau amarré à côté. C'est ainsi que Will se retrouva dans la cuisine de la jonque voisine, où une vieille Chinoise l'accueillit pour le guider de l'autre côté.

Il la reconnut tout de suite. C'était la gardienne du temple qui lui avait présenté les baguettes de bonne aventure. Mais il n'avait pas le temps de lui parler. Il entendit la porte de leur jonque se fracasser. Les créatures allaient-elles deviner comment ils s'étaient évaporés ? D'ailleurs, pouvaient-elles réfléchir par elles-mêmes, ou bien avaient-elles le cerveau aussi pourri que leur chair ? La vieille femme fit tourner la cuisinière sur une sorte de pivot secret. Un second passage menait au bateau suivant.

« Écoutez ! dit M. Chan d'une voix étouffée en saisissant le bras de Will. Je dois rester ici. »

Will ouvrit la bouche pour protester, mais M. Chan secoua la tête.

« Je ne ferais que vous retarder, poursuivit-il. Tout ira bien. Quand ils verront que tu as disparu, ils nous laisseront tranquilles. Tu sais où aller ? ajouta-t-il à l'adresse de Jen. Tout est arrangé pour le ferry de dix heures, demain matin. Will, Jen te conduira aux amis qui vous aideront. Ils ont tout ce dont tu as besoin.

— Mais... »

Will ne savait quoi dire.

« Quitte Hong-Kong. Pense à Martin Hopkins

et aux Cinq. Rien d'autre ne compte. Tu comprends ? »

Will acquiesça d'un signe de tête et plongea à la suite de Jen dans le passage secret. Le fourneau reprit sa place, les enfermant de nouveau dans le noir. Mais déjà une autre trappe s'ouvrait devant eux. La main de Jen posée sur son bras, Will avança.

Le dernier passage les conduisit sur la terre ferme, et ils quittèrent le petit port en courant. Jen le guida jusqu'au bidonville de Stanley, un peu plus bas sur la côte sud de l'île. Là, nichées contre le flanc d'une colline, il y avait une centaine de maisons bien alignées, faites de bois, de caoutchouc, de plastique, de tôle ondulée, et même de carton. Tout, sauf des briques et du ciment. Le village n'avait ni gaz ni plomberie. Pour l'eau, la communauté partageait l'unique robinet. Ils avaient l'électricité, mais elle était volée, piratée sur les boutiques du voisinage et il fallait ménager les lumières pour éviter les courts-circuits et les incendies. Les maisons n'avaient pas de numéros. Beaucoup d'habitants n'avaient pas de nom. Cette petite communauté se débrouillait pour survivre en marge de la ville, exilée par la pauvreté.

Jen connaissait la maison qu'elle cherchait. Elle frappa à la porte et un homme apparut, portant une bougie. D'abord il fut affolé de les voir, puis Jen lui parla rapidement à voix basse et il les laissa entrer.

« Voici M. Lok, dit Jen à Will. Il nous propose de dormir ici jusqu'à l'heure du ferry. »

Elle montra deux matelas sales posés sur le sol nu.

« On peut lui faire confiance ? s'inquiéta Will.

— C'est un ami du Lotus Blanc. Ici, nous serons en sûreté. »

Will et Jen dormirent sur le même matelas, dans les bras l'un de l'autre. Pendant leur sommeil, M. Lok s'habilla rapidement et se faufila hors de la maison par la porte de derrière.

Jen lui avait expliqué leur plan, et M. Lok savait comment monnayer cette information. Oui, il était un ami du Lotus Blanc. Mais il avait aussi d'autres amis. Et tandis qu'il traversait Hong-Kong en direction de la Première Banque Mondiale, il se demanda combien ils le paieraient.

10

LE TRÉSORIER

Les faux parents de Will arrivèrent à sept heures. Ils ne prirent pas le temps de se présenter par leur nom, mais se mirent rapidement au travail, avec beaucoup de calme, pour préparer Will à l'épreuve qui l'attendait. D'abord ils troquèrent ses vêtements contre un faux jean Levis, de fausses tennis All-Star et une fausse chemise Lacoste, autant d'articles que l'on pouvait acheter à Hong-Kong. Puis ils lui coupèrent les cheveux. A ras. Il ne lui resta plus qu'un demi-centimètre et, pour la première fois, il sentit l'air frais du matin sur son crâne. Enfin ils lui donnèrent une paire de lunettes bon marché à monture d'acier, et un sac à dos en plastique orné de la publicité de Coca Cola. Vers sept heures et demie, il était prêt. Jen chercha un miroir pour lui montrer le résultat.

Will regarda dans le miroir. Un garçon inconnu lui faisait face.

Le Lotus Blanc lui avait donné un déguisement parfait. S'il ne parlait pas, personne ne pourrait deviner qu'il n'était pas le fils chinois d'une famille chinoise. Mais, pour Will, ça allait plus loin. Ils avaient effacé son vernis anglais. Vêtu ainsi, en compagnie de ces gens, il se sentait devenir ce qu'il aurait pu être s'il n'avait été adopté. En un sens, il avait l'impression qu'on l'avait déguisé en lui-même.

« Qu'en penses-tu ? demanda Jen.

— C'est très...

— Plus parler, intervint le faux père qui ne parlait lui-même que quelques mots d'anglais. Toi Chinois, maintenant. Plus parler anglais. »

Tout avait été prévu dans le moindre détail.

Les parents étaient venus en voiture dans le bidonville et c'est donc en voiture qu'ils ramenèrent Will et Jen dans le centre de Hong-Kong. Le ferry de Macao partait d'un complexe flambant neuf, comportant à la fois un parking à plusieurs niveaux, un centre commercial et un port d'embarquement. Ils s'étaient lancés dans la circulation à l'heure de pointe, et le court trajet leur prit une heure. A dix heures moins vingt exactement, ils se garèrent au niveau inférieur du parking et empruntèrent l'escalator pour monter, Jen en tête, suivie de Will, puis des parents. Ils formaient une famille comme tant d'autres, semblable à toutes celles qui s'acheminaient vers le guichet des billets et l'embarcadère. Si on les avait arrêtés, le père aurait montré un passeport qui l'identifiait comme Timothy Lau, programmeur informatique, voyageant avec sa femme et ses deux enfants. Il avait également quatre tickets de seconde classe pour Macao.

Mais personne ne les arrêta. Ils dépassèrent les files d'attente devant les guichets et gagnèrent l'entrée de l'embarcadère à dix heures moins le quart. Il leur restait quinze minutes avant le départ du ferry. Ni trop de temps pour être obligés d'attendre, ni pas assez pour avoir à courir. Ils marchaient à leur pas, tranquillement. Pourquoi auraient-ils attiré l'attention sur eux ? Ils étaient une famille ordinaire, parmi d'autres voyageurs quittant Hong-Kong.

Cependant Will savait que rien n'était ordinaire. En regardant autour de lui au travers de ses lunettes à monture d'acier, il remarqua les policiers armés postés partout, le visage impassible, qui scrutaient la foule, et il savait que c'était lui qu'ils cherchaient. Les ordres avaient circulé. Will Tyler est avec le Lotus Blanc. Ils vont le faire sortir en fraude de la ville. Surveillez les aéroports, surveillez les ports. Interceptez-le... Mais il leur fallait agir avec prudence. Des touristes et des hommes d'affaires continuaient d'aller et venir à Hong-Kong, et tout devait leur sembler normal. C'était leur seule faiblesse, et donc l'unique chance de Will de s'enfuir.

Sa « mère » lui dit quelque chose et il hocha la tête. Un policier les dépassa, indifférent. Le garçon qu'ils recherchaient était anglais, pas chinois. Jen le poussa du coude en lui adressant un sourire crispé. Son visage était très pâle, et Will comprit que ce n'étaient pas seulement les policiers qui l'effrayaient. N'importe qui dans cette foule pouvait travailler pour les Anciens. Ils contrôlaient toute la ville.

Tous quatre avaient atteint le haut d'une rampe qui descendait vers la salle d'embarquement. Avec le départ du ferry dans un quart d'heure, la station était bondée, et Will se sentit rassuré d'apercevoir quelques visages européens parmi la foule. Il y avait notamment une famille juste devant lui et, un peu plus loin, un couple de jeunes mariés, probablement en voyage de noces : la jeune femme en rose tenait la main du jeune homme et lui glissait des mots doux à l'oreille en souriant. Pour eux tout allait bien, ce n'était qu'un moment de leur voyage, une excursion à Macao. A quelques pas d'eux, Will, lui, était plongé dans un autre monde. Un monde de démons, de sociétés secrètes, de folie et de meurtre. Tout cela planait autour des jeunes mariés, mais ils ne voyaient rien.

« Passeport, s'il vous plaît. »

Will ne s'était pas rendu compte qu'ils avaient atteint le contrôle des passeports. Il sentit la main de Jen se glisser dans la sienne. M. Lau déposa deux passeports écornés sur le comptoir. Il y avait devant eux une rangée de guichets, chacun occupé par un agent en uniforme noir. Derrière eux se tenaient d'autres policiers, la main pendant négligemment le long de leur étui à revolver. C'était la dernière ligne de défense. Encore quelques pas et ils traverseraient la salle de départ, avant de descendre la passerelle menant au ferry. La traversée durait une heure. Et Macao était un autre pays, encore préservé de la domination des Anciens.

L'agent allongea la main pour prendre les passeports. A ce moment précis, la bagarre éclata.

Deux hommes faisaient la queue devant le guichet voisin. Le premier avait marché sur le pied du suivant et celui-ci l'avait repoussé. Ils échangèrent des insultes en un cantonais guttural et torrentiel. Puis le second homme frappa le premier. L'épouse du second homme, une grosse dame en robe à fleurs, poussa un cri et lâcha ses valises. Le reste de la file d'attente s'écarta pour ne pas s'en mêler. Deux policiers accoururent, mais furent bloqués par la foule qui s'était regroupée autour des combattants, comme les spectateurs d'un match de boxe. Les deux hommes se frappaient brutalement. L'un avait un œil fermé, l'autre le nez qui saignait.

Will contemplait la scène avec incrédulité. Bien entendu, la bagarre était préméditée, c'était la diversion organisée par M. Chan. Les deux hommes et la grosse dame, ainsi qu'une partie de la foule, étaient des sympathisants du Lotus Blanc. L'agent de sécurité devant eux tenait leurs passeports, mais il les regardait à peine. La bagarre rompait la monotonie de sa journée de travail. L'incident avait éparpillé les files bien alignées de voyageurs. Il fallait restaurer l'ordre. Il rendit en grommelant les passeports à M. Lau et lui fit signe de passer. De leur côté, les policiers avaient rejoint les deux combattants et les séparaient. Tout s'était passé très vite, mais Will avait franchi le contrôle des passeports. Il était sorti de Hong-Kong.

Il regarda sa montre. Encore sept minutes avant le départ. Les portes s'ouvriraient à dix heures moins cinq, il restait donc à attendre deux minutes dans le hall d'embarquement. Will se surprit à compter mentalement les secondes. Un policier passa, le regard en alerte. Jen se raidit contre lui et serra sa main très fort. Ils avaient franchi le premier obstacle, mais aucun d'eux ne se détendrait avant de voir Hong-Kong disparaître à l'horizon.

La plupart des passagers du ferry de dix heures avaient maintenant passé la douane. Les sièges en plastique n'étaient pas assez nombreux, et beaucoup de gens se tenaient debout par petits groupes, la mine lasse et morose. Will vit la porte des toilettes situées dans un coin du hall s'ouvrir et un homme en complet clair en sortir. L'homme traversa le hall, et Will le perdit des yeux. Mais soudain il se figea et rechercha désespérément l'homme parmi la foule. Des yeux bleu limpide, une moustache fine, des cheveux clairsemés, un front haut et dégagé...

Edward Tyler, son père !

Will s'était relevé d'un bond sans s'en rendre compte. Edward Tyler se trouvait dans le hall. Cependant, à sa façon de marcher, il était évident qu'il ne s'apprêtait pas à quitter Hong-Kong mais qu'il venait d'y arriver. Les autres passagers vinrent se masser autour de Will en voyant les portes de la passerelle s'ouvrir. Ils étaient prêts à partir.

Mais pas Will. Il ne pouvait pas s'en aller. Il ne pouvait pas laisser son père entrer dans Hong-Kong... dans ce que Hong-Kong était devenu. Il devait l'en empêcher.

« Will ? souffla Jen d'une voix pressante en lui prenant le bras.

— Donne-moi une minute... »

Il voulut se dégager, mais elle resserra son étreinte.

« Où vas-tu ?

— Laisse-moi, Jen !

— Non... ! »

Trop tard. Will s'était dégagé et courait déjà dans le hall en bousculant les voyageurs qui se dirigeaient vers les portes ouvertes. Un instant, il crut encore l'avoir perdu et craignit qu'il eût déjà franchi le contrôle des passeports. Puis il l'aperçut qui allumait une cigarette. Apparemment, il attendait quelqu'un.

« Papa ! »

Will bouscula les derniers passagers et se précipita vers son père.

Edward Tyler sembla ne pas l'avoir entendu. Son regard vague flottait au-dessus de la foule. Will lui toucha la main. Son père baissa les yeux, mais ne parut toujours pas le reconnaître. Alors Will se rappela que les lunettes, les vêtements et sa nouvelle coupe de cheveux le rendaient méconnaissable. Il jeta un coup d'œil par-dessus son épaule. Jen était restée à l'endroit où il l'avait quittée. Elle ouvrait tout grands les yeux et la bouche, prête à crier. Les deux personnes qu'il connaissait seulement sous le nom de M. et Mme Lau étaient figées comme des statues et roulaient des yeux effrayés. Will fut soudain saisi d'un doute et se demanda s'il ne venait pas de commettre une terrible erreur.

Mais il était trop tard.

« Will ! »

Son père venait enfin de le reconnaître. Il y avait de la surprise dans sa voix, mais aussi autre chose. Une étrange tristesse.

« Tu dois venir avec moi, papa. Il faut quitter Hong-Kong. Tu ne peux pas rester ici. »

Will bredouillait. Il ne s'entendait pas parler, c'était comme si un autre prononçait les mots à sa place. Il savait que ces mots ne servaient à rien, qu'il avait tout gâché, mais il ne comprenait pas encore pourquoi.

« Tout va bien, Will, dit son père d'une voix douce et gentille, mais qui lui sembla en même temps froide et cruelle. Je savais que tu étais là. C'est pourquoi je suis venu. Ne t'inquiète pas, je vais veiller sur toi.

— Que veux-tu dire ? »

C'est alors qu'Erica Mortiss surgit de la foule à leur rencontre, les yeux étincelants et la bouche tordue dans un rictus. Will voulut se retourner pour s'enfuir, mais il s'aperçut que son père le tenait solidement, et il sentit ses doigts s'enfoncer dans son bras. Son père et Erica Mortiss. Complices.

L'univers de Will se désintégra.

« Il faut me comprendre, Will. J'ai fait ça pour toi. Les Anciens ne te veulent aucun mal, mais tu ne dois pas t'opposer à eux. »

C'était la voix de son père, douce et raisonnable, juste dans son oreille.

M. et Mme Lau s'élancèrent dans deux directions opposées. M. Lau se dirigea vers le ferry.

Espérait-il vraiment monter à bord ? L'un des policiers avait dégainé son arme. Quelqu'un dans la foule cria. Les passagers s'éparpillèrent, et tout à coup M. Lau se retrouva complètement seul. Will vit le policier tirer, puis se retourner...

« Nous savions que tu étais là, Will. Croyais-tu réellement agir sans que nous l'apprenions ? Je leur ai demandé de me laisser venir te chercher. Je pensais que ce serait plus facile pour toi si c'était moi qui te ramenais... »

Mme Lau avait presque atteint le contrôle des passeports. Les passagers s'étaient couchés par terre pour se protéger. Une Américaine poussait des cris hystériques. Le policier fit feu. D'abord, Will crut qu'il avait manqué son but, car la Chinoise continua de courir. Mais elle courut droit dans la cabine de contrôle et percuta de plein fouet la vitre qui vola en éclats autour d'elle.

« Tu n'as rien à craindre, Will. C'est l'autre garçon que les Anciens veulent. Martin Hopkins. Il va arriver ici d'un jour à l'autre. Alors, tu seras libre, et tu comprendras ce que j'ai fait et pourquoi je l'ai fait. Si tu avais essayé de les combattre, ils t'auraient tué. Mais j'ai travaillé pour eux toute ma vie, et ils m'ont assuré que tu n'avais rien à craindre. Simplement, tu dois regarder les choses à leur manière, c'est tout. Quand tu y seras parvenu, tu verras que j'avais raison. Ils vont faire de moi un homme très riche, Will. Et puissant. Toi et moi vivrons bien, tu verras... »

Restait Jen. Elle n'avait pas bougé. Elle continuait de fixer Will d'un regard accusateur. Ses lèvres remuaient. Il ne pouvait rien entendre car les coups de feu résonnaient encore dans ses oreilles, mais il savait ce qu'elle disait. Tu nous as trahis. Toi, Will Tyler. Tu nous as tués. Avant qu'il ait pu lui répondre, avant qu'il ait pu lui dire que son père faisait partie du complot, que son père l'avait manipulé et trompé depuis le début, deux hommes coururent vers elle. Will la perdit de vue. Quand les hommes s'écartèrent, Jen avait disparu.

« Tu verras, Will. Je fais partie du conseil d'administration de la Première Banque Mondiale. Tu ne sais pas ce que ça représente. Cette banque est la clef de leur pouvoir, la clef du monde. Je suis important à leurs yeux. C'est pourquoi ils m'ont promis de ne pas te faire de mal. Je ne les aurais pas laissés faire. Toi et moi... nous ferons de grandes choses, Will. »

Les deux autres hommes, ceux qui avaient déclenché la fausse bagarre, furent arrêtés et emmenés, les bras tordus derrière le dos. Une douzaine de policiers supplémentaires avaient surgi et aidaient les gens couchés à terre à se relever en affirmant que tout allait bien. Des haut-parleurs grésillèrent et une voix féminine fit une déclaration au sujet de terroristes et d'une bombe. Will l'entendit à peine. Tout ce bruit dans le hall, son père, les coups de feu, les gens, les haut-parleurs... tout résonnait dans sa tête. Il porta les mains à ses oreilles pour empêcher son cerveau d'exploser.

« Will ? Tu te sens bien, Will ? »

A ce moment Erica Mortiss fit un signe et Lloyd surgit de nulle part. Sa main gantée se referma sur le cou de Will. Il eut la respiration coupée. Les os de son cou craquèrent, le sang reflua de sa tête. Il eut vaguement conscience que ses pieds ne touchaient plus terre.

« Ah, tu m'as bousculée ! ricana Erica Mortiss. Mais je t'ai récupéré... »

Elle adressa un signe à Lloyd et la prise se resserra autour du cou de Will.

« Madame Mortiss... ! »

Il entendit la voix de son père, mais elle lui parut loin, très loin.

Will n'était plus dans le port, il n'était plus à Hong-Kong. Il avait été aspiré dans un tunnel et expulsé de l'autre côté. Il tenta de se lever, mais ses jambes refusèrent de le porter. Alors il vit où il se trouvait. De retour sur cette même plage, mais cette fois il était seul. Les quatre autres garçons étaient partis. En revanche les lunes étaient toujours là, deux rouges et une verte. Le panier en forme de croix, suspendu au-dessus du sable, se balançait follement d'avant en arrière. Les mots SIGNAL DIX brillaient en néon à l'horizon.

Son père l'avait trompé. Les gens qui avaient essayé de l'aider étaient morts, Jen probablement prisonnière. Il les avait tous trahis.

Will hurla. C'était un cri de colère et de désespoir, mais aussi de vengeance.

Edward Tyler n'entendit rien. Pas plus qu'Erica Mortiss ou Lloyd.

Mais à moins de quatre-vingts kilomètres de là, Martin Hopkins l'entendit, lui, et comprit ce qui s'était passé.

Et à sept cents kilomètres à l'est, dans le détroit de Luzon, entre Taiwan et les Philippines, le dragon l'entendit aussi. Le dragon sommeillait tout au fond de la mer, mais il entendit le cri de Will et il ouvrit lentement un œil.

Quelques minutes plus tard, il commença à bouger. Le dragon se dirigeait vers Hong-Kong.

DEUXIÈME PARTIE

MARTIN

11

LA FRONTIÈRE

Le garde-frontière de la République Populaire de Chine ouvrit les deux passeports et examina leurs propriétaires d'un regard dur et soupçonneux. Ces Occidentaux, l'homme et le garçon, avaient quelque chose de singulier. Elle (puisque le garde était une femme) tourna une page pour savoir qui ils étaient. L'homme s'appelait Richard Cole. Son passeport le présentait comme journaliste. Pourtant, il n'avait pas l'air d'un journaliste. Vingt-neuf ans à peine, un visage mince, des cheveux longs et des yeux bleus fatigués. Il portait une seule petite valise, mais disparaissait presque entièrement derrière un panda en peluche. Quel journaliste pouvait voyager en Chine avec un panda en peluche ? Peut-être écrivait-il dans un magazine sur la nature et les animaux...

Le garçon avait quatorze ans. Il s'appelait Martin Hopkins, était né à Londres, et il avait récemment voyagé au Pérou et en Amérique du Nord. Le passeport n'en disait pas davantage. Or cela aussi intrigua la garde-frontière. Le garçon n'avait aucune parenté avec le journaliste ; pourtant, il voyageait avec lui, muni d'un simple bagage. Il ne paraissait pas non plus en vacances. Avec ses cheveux blonds, ses doux yeux bruns, sa pâleur qui ressortait sous son hâle, il avait un air sérieux. La garde-frontière conclut que le journaliste lui avait acheté le panda pour lui remonter le moral.

« Il y a un problème ? demanda Richard Cole.

— Aucun problème », répondit la garde-frontière en se ressaisissant.

Elle avait déjà passé trop de temps avec ces curieux étrangers, et d'autres voyageurs attendaient. Si ses supérieurs la voyaient perdre son temps, elle risquait de se retrouver en poste en Mongolie-Extérieure. Elle leva un petit poing potelé pour tamponner les deux passeports, puis les referma et les rendit à leurs propriétaires.

Richard Cole prit les passeports et franchit les quelques mètres qui séparaient la Chine de Macao, le panda sous le bras.

« Je suis fatigué, murmura-t-il.

— Je crois que le panda était une erreur, souffla Martin.

— C'est un souvenir. Si nous voulons ressembler à des touristes ordinaires, nous devons rapporter des souvenirs.

— Mais il est énorme ! protesta Martin. Combien d'autres touristes as-tu vus avec des pandas en peluche ?

— Au moins, nous rapporterons quelque chose en Angleterre, soupira Richard. Si toutefois nous y revenons vivants... »

Ils s'étaient arrêtés un instant sur une vaste esplanade, avec les bureaux en verre et acier du poste-frontière derrière eux et, devant, une arche en pierres abîmée, vieille d'au moins cent ans. Un « no man's land », se dit Martin. Un espace vide entre deux pays. Curieusement, cela lui procura une sensation de réconfort. Ici personne ne pouvait les atteindre. S'ils restaient là, personne ne saurait même où les trouver.

« Tu es sûr de ce que tu fais ? demanda Richard comme s'il lisait dans ses pensées.

— C'est un peu tard pour se poser la question. »

Il pouvait presque voir la ligne imaginaire de la frontière sur le sol et il savait que, dès qu'il l'aurait franchie, tout recommencerait. Mais il devait continuer, il n'avait pas le choix.

Les choses avaient débuté une semaine plus tôt...

Les quatre membres du Cercle étaient réunis dans le jardin d'une petite maison de Nazca, au Pérou : Jeremy et Nicholas, Pedro, Martin. Quatre des Cinq. Ils savaient tous que, depuis des semaines, les Anciens s'activaient en vue du prochain assaut. Mais ils ne pouvaient rien faire. Pas avant d'avoir retrouvé le cinquième. Will. Alors seulement, ils seraient assez forts pour former le cercle qui bannirait à tout jamais les Anciens de l'univers.

Martin avait vu Will en rêve et il s'était réveillé avec la certitude que Will se trouvait à Hong-Kong, et que Hong-Kong était aux mains de l'ennemi. Devait-il aller là-bas chercher Will ? Les quatre amis avaient discuté pendant une heure. Ensuite, Martin avait rejoint Richard. Pendant qu'ils se promenaient dans le jardin, avec le soleil qui surgissait des montagnes et le parfum des papayes qui embaumait l'air, il avait annoncé sa décision à Richard.

« Je dois partir, Richard.

— Mais ils t'attendent, Martin. Et s'ils te trouvent, ils te tueront.

— Si je n'y vais pas, c'est lui qu'ils tueront. »

Richard n'avait pas discuté. Il connaissait trop bien Martin. Il était tranquillement allé dans sa chambre faire ses bagages (sans oublier deux flacons de pilules contre le mal de l'air, car il détestait l'avion). Toutefois, c'est lui qui avait suggéré de faire le voyage en deux temps. « Les

Anciens t'attendent, alors tu dois entrer par la porte de derrière. Au moins tu auras une chance », avait-il expliqué.

Ils avaient établi l'itinéraire ensemble. D'abord un avion de Nazca à Lima, la capitale du Pérou. Puis un vol régulier pour New York. Ensuite, trajet plus long, un avion les avait transportés à l'autre bout du monde, d'est en ouest, jusqu'à Shanghai. Ils y avaient passé une nuit avant de descendre en train et en bus jusqu'à la frontière de Macao.

C'est là qu'ils se trouvaient en ce moment même, à cette « porte de derrière » suggérée par Richard, aussi près de Hong-Kong qu'il était possible.

« Allons-y, dit Richard en hissant la peluche sur son bras. Nous ferions bien d'avancer. En avant, Panda ! »

Il passa sous l'arche, le dos tourné au poste-frontière. Martin le suivit plus lentement, scrutant la foule qui arpentait les trottoirs.

« Que se passe-t-il ? » s'inquiéta Richard en lui jetant un coup d'œil par-dessus son épaule.

Martin secoua la tête. Il était tendu depuis leur arrivée en Chine, et ses yeux étaient plus fureteurs et soupçonneux que jamais.

« Nous sommes près de Hong-Kong, dit-il. Peut-être trop près.

— Tu crois que les Anciens sont à Macao ? »

Martin leva la tête pour humer l'air. Le soleil

brillait dans un ciel sans nuages. Devant eux, un groupe de chauffeurs de taxis se bousculaient et se chamaillaient pour se partager les touristes.

« Non, finit par dire Martin. Ils ne sont pas là, mais ils peuvent avoir des espions.

— Détends-toi, dit Richard en lui tapotant l'épaule. Réfléchis une minute. Nous avons pris trois avions, quatre trains et deux bus. Nous avons zigzagué autour du globe à environ 1 500 km/heure, et nous venons de franchir l'une des frontières les moins connues du monde. Donc, nous devrions être en sûreté pendant un moment. C'était mon idée, et je te garantis à cent contre un que personne ne connaît notre présence ici.

— Excusez-moi, intervint alors un jeune homme en s'approchant. Vous êtes Martin Hopkins, je suppose?

— Quoi? s'étrangla Richard en laissant tomber son panda.

— Je vous attendais », toussota le jeune homme.

Agé d'environ dix-neuf ans, il portait un costume bleu avec une chemise blanche. Ses cheveux courts étaient soigneusement coiffés, et il arborait le sourire poli et interrogateur d'un réceptionniste d'hôtel habitué à traiter avec les étrangers exigeants.

« Mon nom est Chang, reprit-il. Mon grand-père m'a envoyé vous accueillir.

— Vous voulez dire que nous étions attendus ? remarqua Martin en glissant un coup d'œil vers Richard.

— Oui. Mais seulement par mon grand-père, je crois. Nous y allons ?

— Une minute ! intervint Richard en faisant un pas en avant. Qui est votre grand-père ?

— Vous allez le rencontrer, répondit Chang à voix basse. Et plus tôt vous serez auprès de lui, plus vite vous serez en sécurité.

— Où habite votre grand-père ? questionna à son tour Martin.

— Pas loin d'ici. J'ai une voiture. »

Chang désigna une vieille Morris garée au bord de la route et se dirigea vers elle en faisant signe aux deux amis de le suivre. Mais Richard retint Martin en arrière.

« Comment savait-il que nous devions venir ? chuchota-t-il. Il savait exactement à quelle heure nous arrivions et à quoi nous ressemblions.

— Tu ne lui fais pas confiance ? demanda Martin.

— Pourquoi lui ferais-je confiance ? Si toi et moi montons dans cette voiture, il se pourrait que plus personne n'entende jamais parler de nous. Le "Papy" est peut-être une bande de coupe-gorge qui nous guette au coin de la rue. Ou pire. Nous ferions mieux de filer.

— Filer où ? objecta Martin en secouant la tête.

— Pourquoi ne pas retourner en Chine ?

— Je ne suis pas sûr qu'ils veuillent de nous. »

Richard se mordilla les lèvres. Le dénommé Chang avait ouvert la portière et les attendait patiemment, mais avec un certain malaise.

« Je suis d'accord pour le suivre, décida brusquement Martin.

— Pourquoi ?

— Parce que, s'il nous voulait du mal, il ne se serait pas présenté comme ça. Il nous aurait attendus escorté d'une douzaine d'hommes. Et puis il m'a l'air sincère.

— Tu signes ton arrêt de mort, marmonna Richard en le suivant vers la voiture. Je veux dire *notre* arrêt de mort. »

Chang referma la portière et se glissa derrière le volant à côté de Richard, tandis que Martin s'installait sur la banquette arrière avec les bagages. Chang mit le contact et la voiture démarra.

« Vous avez fait bon voyage ? demanda-t-il avec un accent anglais digne de la BBC, un peu trop parfait.

— Délicieux, répondit Richard en se tournant à demi sur son siège pour regarder Martin qui commençait à somnoler. Depuis combien de temps nous attendiez-vous ?

— Vingt minutes, répliqua Chang. Mon grand-père m'a prévenu du moment où vous passeriez.

— Et que fait votre grand-père, exactement ?

— Il vous le dira lui-même, répondit Chang en changeant de vitesse. Je vous en prie, monsieur Cole, détendez-vous. Je vous assure que vous êtes en de bonnes mains. »

Richard se renversa dans son siège et regarda par la fenêtre. Rien dans Macao n'était réellement harmonieux. C'était un mélange détonnant de beauté et de laideur, de choses familières et de choses étranges, comme si deux ou trois pays s'étaient confondus et que personne n'ait réussi à faire le tri. Il y avait des immeubles anciens et des immeubles neufs, mais c'étaient les neufs, bureaux ou appartements, qui semblaient décrépis et prêts à s'écrouler. La moitié des maisons étaient de type portugais, avec de hautes fenêtres à volets et des balcons de bois le long des façades, mais les habitants étaient chinois. Ils roulaient sur une avenue pavée qui datait peut-être de deux cents ou trois cents ans, mais les klaxons intempestifs, les antennes de télévision et les publicités bariolées pour Coca Cola la ramenaient brutalement dans le xxe siècle.

A un angle de rue, Richard découvrit ce qui devait sans doute être l'immeuble le plus hideux jamais dessiné. Une tour haute et circulaire, d'un jaune éclatant, avec des pointes blanches hérissées sur le toit. On aurait dit qu'elle sortait d'un mauvais film de science-fiction, comme si elle n'avait pas été construite sur place, mais avait atterri là par hasard.

« Qu'est-ce que c'est ? demanda Richard.

— Le casino, répondit Chang. Le jeu est très populaire à Macao.

— Le jeu ? J'ai du mal à vous croire, ironisa Richard.

— Vous voulez parier ? »

Puis ils longèrent le front de mer, et la ville redevint belle, notamment grâce à la mer, d'un bleu étincelant sous le soleil de l'après-midi, et aux arbres exotiques dont les feuillages se reflétaient à la surface. Ils dépassèrent les tentaculaires bâtiments gouvernementaux, avec leur peinture rose vif assez ridicule, puis tournèrent dans une rue étroite. La voiture cahota sur des nids-de-poule et les rebonds réveillèrent Martin.

« Hein... ? Quoi ? Que...

— Nous sommes arrivés », annonça Chang.

Ils s'étaient arrêtés devant une bâtisse qui pouvait être, soit une énorme maison, soit un petit palais. Sa façade donnait sur la mer, et elle jouissait d'une vue sur toute la baie. Les trois autres côtés étaient cernés d'appartements neufs, mais préservaient leur intimité grâce à d'épais volets clos et à des massifs de fleurs qui camouflaient les portes et les fenêtres. En descendant de la voiture, Martin entendit de l'eau couler derrière un mur de pierre et sentit le lourd parfum des fleurs. Il leva les yeux et aperçut une silhouette derrière l'une des plus hautes fenêtres. L'inconnu s'éclipsa aussitôt. On les attendait donc. Les attendait-on depuis leur départ du Pérou ?

Chang les guida à travers une porte de plus de deux mètres de hauteur, dans un hall spacieux d'une fraîcheur agréable après les rues poussiéreuses de Macao. Le sol était dallé de marbre blanc. Un ventilateur en bois tournait lentement au plafond pour brasser l'air. Un immense lustre était suspendu au-dessus d'une cage d'escalier circulaire, et Martin se demanda combien coûterait un tel lustre dans un magasin d'antiquités, à supposer qu'il existe un magasin assez grand pour le présenter.

« Mon grand-père vous verra ce soir, dit Chang. Mais, pour l'instant, peut-être désirez-vous manger quelque chose ?

— Pas moi, merci, répondit Martin. J'ai juste envie de dormir.

— Tu ne te laisserais pas tenter par un sandwich au fromage avec des cornichons ? insista Richard. Ça fait des siècles que je n'ai pas mangé de cuisine anglaise.

— Je vais voir ce que je peux faire, dit Chang avec un sourire en indiquant l'escalier. Venez, je vais vous montrer votre chambre. »

Hormis le lustre, la maison était assez peu meublée et ressemblait davantage à un monastère qu'à un palais. Il n'y avait personne en vue, et aucun bruit ne filtrait des pièces. La chambre, fraîche et au sol nu, se trouvait à l'extrémité d'un corridor interminable. Elle contenait deux lits, plus larges que longs, et juchés sur d'épais pieds en bois hauts de quelques centimètres seulement. L'unique mobilier était une armoire en ébène avec quatre lourdes charnières de bronze et une poignée en forme de tête de lion. Des fenêtres à la française ouvraient sur une terrasse qui était invisible de la rue. Le parfum des fleurs montait du jardin situé au-dessous.

« La douche est par là, dit Chang en désignant une porte qui faisait face à l'armoire. Reposez-vous. Je vais m'occuper du repas. »

Richard attendit qu'il fût parti avant de s'asseoir sur l'un des lits.

« Alors, qu'en penses-tu ?

— Je pense que nous sommes en sûreté, répondit Martin en retirant ses chaussures pour s'allonger sur le lit. Et toi ?

— Je ne sais pas, grommela Richard en lorgnant vers la porte. Ce Chang a quelque chose de bizarre, si tu veux mon avis. D'abord il a un drôle de regard.

— C'est tout ?

— Heu... Comment savait-il que nous venions ? Personne n'était au courant. Même pas nous, avant de débarquer ici. Et qui est ce mystérieux grand-père ? Pourquoi veut-il nous voir ? Je vais te dire une bonne chose, Martin... Martin ? »

Mais Martin s'était déjà endormi.

Martin dormit. Et rêva.

Il savait déjà que Will avait été pris. Il avait assisté à la scène en rêve. Pendant que son corps somnolait dans le vieux bus déglingué qui roulait vers la frontière, il avait pu observer la gare du ferry à Hong-Kong à travers les yeux de Will. Il avait entendu les paroles d'Edward Tyler et compris sa trahison. Maintenant, il lui fallait retourner là-bas pour savoir si Will était toujours en vie.

Il voyagea. Il sentait Jeremy, Nicholas et Pedro, loin derrière lui, dans le monde des rêves, et il les entendait l'appeler. Mais il résolut de les ignorer, sachant qu'il devait faire ce voyage seul. Des nuages noirs l'environnaient, mais soudain ils se déchirèrent et Martin se trouva pris dans le faisceau d'un projecteur qui éclairait la scène tout en l'aveuglant. Une silhouette se pencha en avant : une femme, mince comme une araignée... Il ne pouvait distinguer son visage. C'était une silhouette en papier, une ombre noire contre la lumière.

« Il est plongé dans une sorte de coma, disait la femme. Mais ne vous inquiétez pas, mon cher Lloyd, il finira par se réveiller. Et nous pourrons nous amuser. »

C'était tout ce que désirait savoir Martin. Will était sans connaissance et le resterait jusqu'à son arrivée. Mais de combien de temps disposait-il ?

Car Will détenait plus de pouvoir que les autres ne le suspectaient, et bien plus qu'il ne le savait lui-même. Les quelques minutes où il avait plongé au fond de lui avaient suffi à Martin pour sentir ce pouvoir et comprendre ce qu'il allait accomplir. Will avait réveillé le dragon. Déjà ce dernier grondait et se mouvait lentement dans les profondeurs de la mer.

Ils disposaient de deux, peut-être trois jours. Ensuite le dragon surgirait. Et si Martin, Richard et Will étaient encore à Hong-Kong à ce moment-là, il les dévorerait tous.

12

LE HSIEN

Quand Martin se réveilla, il était seul dans la chambre. Richard était sorti en laissant un mot sous une patte du panda. « Suis sorti faire un tour. Ne t'inquiète pas pour moi. Je me débrouille en portugais. Je reviens bientôt », disait le message. Martin roula le papier en boule et le lança adroitement dans la corbeille située dans l'angle de la pièce. Richard, se débrouiller en portugais ? Il s'était acheté une méthode Assimil une semaine auparavant et ne savait toujours pas traduire la couverture !

Martin avait dormi avec ses vêtements. Il se déshabilla pour aller prendre une douche dans la salle de bains. Là, un grand miroir lui renvoya son reflet et il regarda les cicatrices qui descendaient de sa nuque à son épaule. En six mois, elles auraient dû s'estomper. Mais il était si mince ! Il avait beau manger tout ce qu'il voulait, il n'arrivait pas à grossir. Martin secoua la tête et ouvrit le robinet. L'eau chaude qui lui martela le corps en l'enveloppant de buée lui fit beaucoup de bien. Mais il prit garde de ne pas se regarder dans le miroir en ressortant de la douche.

Il se sécha et s'habilla. Choisir ses vêtements ne lui prit guère de temps, car il avait seulement emporté deux pantalons et deux chemises. Le panda louchait vers lui, vautré sur le lit. Toujours aucun signe de Richard. Martin se demanda depuis combien de temps le journaliste était parti.

De l'extérieur lui parvint un bruit de cisaille. Sur la terrasse, un homme était en train de tailler les rosiers qui grimpaient le long du mur. Tout en travaillant, il fredonnait un air d'une curieuse voix saccadée. Quand il se redressa pour déposer les branches coupées dans un panier qu'il portait sur son bras, Martin s'aperçut que l'homme avait au moins quatre-vingts ans, et sans doute plus, avec ses cheveux blancs, sa longue barbe effilée et ses lunettes en demi-lune. Il portait un curieux vêtement rouge et bleu, quelque chose entre une robe d'intérieur et une toge, resserré à la taille par une ceinture en soie. Il se mit à marmonner entre ses dents car il venait de se piquer sur les épines du rosier. Et quand il voulut s'écarter, la branche s'accrocha à lui. Voyant qu'il ne pouvait pas saisir les tiges avec ses mains dénudées pour se libérer, Martin enjamba le rebord de la fenêtre pour aller l'aider.

A son approche, le visage du vieillard s'éclaira d'un large sourire. En plus de sa robe en soie (que Martin décida d'appeler un kimono), il portait sur le crâne un petit calot noir, qui faillit glisser tant il hochait la tête. Martin saisit avec précaution la tige du rosier entre deux épines et l'écarta. Enfin dégagé, le vieil homme s'inclina à plusieurs reprises avec un sourire en signe de remerciement.

« Vous... OK... maintenant ? » demanda Martin en parlant lentement et d'une voix forte, car il soupçonnait le vieillard d'être sourd et de ne pas comprendre l'anglais.

La réponse le laissa bouche bée.

« Je vais très bien, merci, Martin. Ce sont des rosiers anglais, vois-tu. Je les ai fait importer tout spécialement. »

Martin rougit de honte. Non seulement le vieillard possédait une parfaite connaissance de l'anglais, mais il s'exprimait avec une voix de jeune homme.

« Puis-je te faire visiter ma maison ? poursuivit-il. J'espère que tu as bien dormi.

— Cette maison vous appartient ? s'étonna Martin, surpris de voir un jardinier octogénaire posséder un palais miniature.

— Oui. C'est un peu grand pour moi et mon petit-fils — tu as rencontré Chang, n'est-ce pas ? — mais je m'y suis attaché avec le temps, expliqua le vieil homme en agitant son sécateur. Mais pas autant attaché que ces rosiers. Je ne pourrais pas les emporter, alors autant rester. As-tu bien dormi ?

— Oui, répondit Martin, le cerveau en ébullition. Qui êtes-vous ? Vous savez qui je suis. Vous nous attendiez. Vous avez l'air d'être chinois, mais vous parlez parfaitement anglais...

— Que de questions ! gloussa le vieil homme. C'est ça, la jeunesse. Toujours vouloir tout savoir. Aucune patience. Eh bien, laisse-moi t'expliquer une chose, pour commencer. J'ai passé de nombreuses années en Angleterre, c'est ainsi que j'ai appris ta langue. J'y ai vécu avant la guerre.

— La Seconde Guerre mondiale ?

— Non, la guerre de Crimée. »

Martin fit un rapide calcul.

Mais la guerre de Crimée avait eu lieu au siècle dernier, aux environs de 1850 ! En supposant qu'il ait été très jeune à l'époque, cela lui faisait...

Et soudain Martin comprit. Le professeur Chambers, l'archéologue qui s'était occupé de lui au Pérou, lui avait un jour parlé des Hsiens, les hommes sages de Chine.

« Ici, en Occident, on se moquerait d'eux, disait le professeur. Nous avons oublié notre propre magie, ou alors nous nous croyons trop intelligents et trop civilisés pour ça. Mais en Orient, c'est différent. Rares sont les gens qui ont vu un Hsien. Personne ne sait combien il en reste... peut-être une poignée seulement. Mais c'est sans importance. Ils vivent jusqu'à un âge très avancé. Certains atteignent huit cents ans, d'autres plus encore. On les désigne aussi sous un autre nom : les Immortels ».

Les Immortels. Ils avaient le pouvoir de lire l'avenir, et ils étaient les gardiens de secrets du passé. Ils savaient tout. Donc ils connaissaient les Anciens, et ils le connaissaient lui, Martin.

« Je vois que tu as deviné qui je suis, dit le vieil homme d'une voix redevenue douce et sérieuse. J'étais très impatient de te rencontrer, Martin. Bien sûr, je savais que tu allais venir à Macao. Il était vital que nous puissions nous voir et parler avant que tu partes.

— Est-ce que les Anciens savent que je suis ici ?

— Peut-être oui, peut-être non. Quoi qu'il en soit, tu n'es pas en danger, pas avant d'avoir atteint Hong-Kong.

— Je dois y aller..., commença Martin.

— Mon cher Martin, je n'ai nullement l'intention de t'en empêcher ! le coupa le vieil homme en levant la main. Pourquoi les jeunes gens sont-ils si impétueux ? Oh, bien sûr, j'avoue que j'étais moi-même assez impulsif à ton âge.

— Ça doit remonter à l'époque du Moyen Age, remarqua Martin à mi-voix.

— Eh bien oui, à peu près », acquiesça le Hsien qui l'avait entendu.

Il sourit et se dirigea vers un banc situé à l'extrémité de la terrasse. Martin vint s'asseoir à ses côtés. Le soleil était en train de se coucher sur la mer, et toute la ville baignait dans une douce lumière argentée.

« Je ne pourrais t'en empêcher même si je le voulais, poursuivit le vieil homme. Chacun suit son destin, Martin. Tu dois suivre le tien jusqu'au bout. Même s'il te paraît plus amer que tu l'imaginais, ajouta-t-il avec une légère tristesse dans le regard.

— Vous savez ce qui va se passer ? » demanda Martin.

Le Hsien regarda vers l'horizon comme s'il lisait un secret dans le halo du soleil couchant.

« Je sais ce qui va arriver, admit-il. Mais je ne peux pas te le dire. Essaie de comprendre, Martin. Si je te disais ce que je vois, cela pourrait changer le cours des choses. Et ça m'est formellement interdit.

— Alors, pourquoi vouliez-vous me voir ?

— Pour t'aider, répliqua le Hsien avec un sourire, mais sans perdre la tristesse de son regard. As-tu une idée de ce que tu vas faire en arrivant à Hong-Kong ? As-tu songé au moyen d'y pénétrer ?

— Richard et moi comptions prendre le ferry, répondit Martin. Nous pensons que les contrôles seront moins serrés au débarcadère.

— Vous avez tort. Pourtant, c'était une bonne idée. Vous avez visiblement préparé votre plan avec soin et c'est un bon point. Mais chaque bateau qui entre à Hong-Kong est fouillé de fond en comble. Vous n'imaginez pas l'étendue du pouvoir des Anciens.

— La police, dit Martin. La douane, les services d'immigration...

— Tout ! Ils contrôlent tout ! s'exclama le vieil homme soudain en colère. C'est presque impossible à croire, Martin. Les Anciens ont transformé Hong-Kong en une forteresse, et comme l'île se trouve au bout du monde, que les Anglais n'en veulent plus, et que les Chinois ne savent qu'en faire, personne ne s'en est aperçu. Pourtant, les habitants sont devenus des esclaves. Ils ne peuvent plus partir. Ceux qui ont tenté de s'enfuir en avion ont été tués. Hong-Kong est l'image de ce que les Anciens veulent faire du monde. Ils y règnent en maîtres absolus. Dès que tu auras mis les pieds sur l'île, tu seras en danger.

— Vous n'êtes pas très encourageant, grommela Martin.

— Je t'avertis simplement. Tu dois savoir à quoi t'attendre.

— Quand est-ce arrivé ? Pourquoi personne ne s'y est-il opposé ? »

Le vieil homme soupira. Pendant un instant, il parut presque son âge.

« Tout s'est passé en une nuit, quand le Guide des Morts est arrivé et que les fantômes ont surgi de leurs tombes. Cela t'indique quand, mais pas comment ni pourquoi, et pour ça il te faut comprendre la nature des habitants de Hong-Kong. Je ne parle pas des Occidentaux, mais des Chinois. Surtout, Martin, rappelle-toi que, malgré les événements des dernières décennies, Hong-Kong a toujours fait partie de la Chine. Vois-tu, les Chinois croient aux fantômes. Pire même, ils sont obsédés par les fantômes, les démons et les esprits. Dans ton pays, vous tenez ces choses pour des sottises que l'on raconte pour faire peur quand les lumières sont éteintes. Mais ici ils font partie de la vie. Les Chinois ne construisent pas une maison sans s'assurer que les esprits sont favorables. Ils consultent des diseuses de bonne aventure et des médiums comme vous autres, en Occident, consultez le médecin ou le dentiste... Tu peux donc imaginer toi-même ce qui s'est produit quand des esprits diaboliques ont envahi Hong-Kong et exigé une totale soumission sous peine de mort. Les Anciens sont intelligents. Ils ont choisi une ville qui pouvait les écouter et se rendre en une seule nuit.

— Mais c'est absurde ! intervint Martin. Hong-Kong n'est qu'une petite île, et les Anciens veulent s'emparer du monde entier.

— Et ils s'en empareront, répliqua le Hsien. Vois-tu, Martin, tu dois savoir autre chose au sujet de Hong-Kong. Il y a là plus de banques au mètre carré que partout ailleurs dans le monde. Et qui, en Occident, détient réellement le pouvoir à ton avis ? Ce ne sont pas les hommes politiques, ni les rois, ni les reines. Ce sont les banques. Les banques dirigent le pays. Les banques possèdent les hommes. Chaque fois que tu encaisses un chèque, que tu utilises une carte de crédit, tu dis à la banque ce que tu fais et tu ne peux le faire que si la banque te le permet. La Première Banque Mondiale est exactement ce que son nom indique : la plus grande banque du monde. En Orient, nous sommes gouvernés par les esprits. Nous les craignons, nous leur obéissons. Mais, en Occident, il se passe le même phénomène avec l'argent. L'argent est votre dieu tout-puissant. Et en choisissant Hong-Kong comme refuge, entre l'Occident et l'Orient, les Anciens règnent sur les deux. »

Le vieil homme avait trop parlé. Il se tassa sur le banc, les yeux fermés. Le soleil avait sombré de quelques centimètres dans la mer. Il perdait sa couleur et sa chaleur, comme si l'eau le refroidissait.

« Je dois me rendre à Hong-Kong, dit Martin.

— Je sais, acquiesça le Hsien. Je le répète, je n'ai aucune intention de t'en empêcher. Mais je peux t'aider. Il existe encore une chose qui échappe à l'emprise des Anciens, un mouvement de résistance en quelque sorte. C'est une organisation qui porte le nom de Lotus Blanc. Tu dois les contacter, ils te protégeront.

— Où puis-je les trouver ?

— Demain soir, tu partiras en bateau à Hong-Kong. Mon petit-fils arrangera ton voyage, et personne ne te découvrira. Tu dois aller à Kowloon et entrer dans la Cité Murée. Une fois là-bas, tu chercheras la boutique d'un dentiste, M. Chan. C'est le même nom que celui de mon petit-fils, mais sans le g final. Tu te souviendras ?

— Une boutique de dentiste. M. Chan », répéta Martin.

Le Hsien fouilla dans sa poche dont il sortit un petit bloc d'ivoire gravé de caractères chinois, qu'il remit à Martin.

« Ceci est mon *chop,* dit-il. Il prouve que tu viens de ma part. Donne-le à M. Chan, et il te conduira au Lotus Blanc. Mais prends garde ! Le Lotus Blanc n'a jamais fait confiance à un Occidental, encore moins à un garçon. Et puis ils croient fermement que Will Tyler les a trahis. Ils te mettront à l'épreuve. Tu dois t'y préparer. »

Martin sentit la fraîcheur du *chop* dans le creux de sa main.

« Merci, dit-il en refermant ses doigts dessus.

— J'aimerais pouvoir faire plus, reprit le vieil homme en hochant la tête. Je t'attends depuis que j'ai appris que les Cinq s'étaient à nouveau réunis, mais j'aurais préféré te rencontrer dans des circonstances plus heureuses. La route qui t'attend est longue et douloureuse, Martin. Je souhaite que tu aies la force de la suivre jusqu'au bout.

— Nous nous reverrons ?

— Oui, cela au moins je peux te le dire. Mais dans ce monde-ci ou bien dans l'autre... nous verrons. »

Quelque chose bougea à l'autre bout de la terrasse. Aussitôt, le vieil homme se remit debout pour s'affairer autour de ses rosiers. En une fraction de seconde il était redevenu un simple jardinier, apparemment au courant de rien et ne présentant de menace pour personne. Au même moment, Richard Cole sortit de la chambre. Il avait pris une douche et changé de vêtements, mais ceux-ci étaient aussi fripés que ceux qu'il portait pendant le voyage. Martin remarqua sa mine maussade.

« Tu es levé ! constata Richard en approchant du banc.

— Oui. Où étais-tu ? »

Richard haussa les épaules.

« Je suis allé à ce casino, de l'autre côté de la baie. Je n'arrivais pas à dormir et j'ai pensé que ce serait amusant d'aller taquiner la roulette.

— Tu as gagné ?

— Non, maugréa Richard. J'ai perdu.

— Combien ?

— C'est bien ça le problème. J'ai perdu tout l'argent que j'avais sur moi.

— Combien ? répéta Martin.

— Cent cinquante avos, répondit Richard en s'agitant.

— Richard... ! » s'écria Martin, ébahi.

Le journaliste n'avait pas écrit un seul article de l'année et leurs voyages autour du monde avaient mangé presque toutes ses économies.

« Vous ne devriez pas trop vous inquiéter, intervint alors le vieil homme. Dans notre monnaie, cent cinquante avos représentent un peu moins d'un franc. »

Le Hsien coupa une dernière rose et la rangea dans son panier. Puis, après s'être incliné devant Richard et Martin, il traversa la terrasse et disparut dans la maison.

13

FEU D'ARTIFICE

« Tu te souviens de ce rêve que tu as fait ? demanda Richard.

— Oui. Et alors ?

— Tu disais que tu voyais toujours ces deux mots : Signal Dix.

— En effet.

— Eh bien... ça n'a sans doute aucun rapport, mais j'ai lu le mot Signal au casino. C'était écrit en grosses lettres sur un panneau accroché au mur.

— Tu as demandé à quelqu'un de quoi il s'agissait ?

— Non. Je n'y ai pensé qu'après. De toute façon il n'y avait aucun chiffre après le mot.

Seulement “Signal”... Ça n’a probablement rien à voir. »

Richard et Martin étaient vautrés l’un contre l’autre à l’arrière de la Morris que conduisait Chang pour traverser Macao. Ils s’étaient faufilés hors de la maison à l’aube, et entassés dans la voiture en prenant soin de ne pas laisser dépasser leurs têtes. Voyager coincés entre les banquettes n’avait rien de confortable, et il y avait peu de chance que quelqu’un les ait vus partir, mais ils ne voulaient prendre aucun risque.

Chang écrasa le klaxon du plat de la main. La circulation était très ralentie. Macao était toujours encombré mais, ce jour-là, quelque chose avait dû se produire car les trottoirs et les rues étaient bondés de passants. En voyant leurs mines sinistres, Martin se demanda s’ils pleuraient la mort d’un important personnage. Même les policiers ne faisaient aucun effort pour canaliser la cohue.

« Que se passe-t-il ? demanda Richard.

— Je n’en sais rien, répondit Chang en criant pour dominer le tumulte. Mais ne vous inquiétez pas, nous sommes bientôt arrivés. »

Quelques minutes plus tard, il stoppa dans un virage et coupa le contact. Ils se trouvaient dans une large rue pavée qui traversait de part en part l’un des plus anciens quartiers de Macao. Sur un côté, les immeubles étaient bas et tassés derrière une rangée d’arcades en pierre, qui s’étaient déformées et fissurées au cours des siècles, mais avaient miraculeusement réussi à rester debout. Les portes entrebâillées laissaient entrevoir des intérieurs sombres et poussiéreux : des ateliers et des cafés où des hommes, penchés sur des tables, fumaient et jouaient au mah-jong. Il y avait d'autres tables dehors, sur le trottoir, entourées de marmites en fer dans lesquelles des nouilles mijotaient déjà en diffusant des nuages de vapeur qui se mêlaient à la fumée des cigarettes. L'autre côté de la rue était bordé d'entrepôts plus spacieux et indépendants. Derrière eux on apercevait les eaux vertes d'une rivière. Un sampan à moteur passa et des vagues vinrent lécher les quais en pierre, entraînant un horrible amas de déchets de nourriture et de détritus dans leur sillage.

« La rivière des Perles, annonça Chang. La Chine est sur l'autre rive. Venez par ici... »

Chang se dirigea vers un bâtiment carré et gris avec des volets rouges, situé sur la berge du fleuve. Sur le devant, une pancarte aux lettres effacées indiquait : KUNG HING TAI FABRICANTS DE FEUX D'ARTIFICE. Leurs sacs de voyage sous le bras, Richard et Martin suivirent Chang.

« Des feux d'artifice ? s'étonna Richard.

— C'est une industrie importante à Macao, expliqua Chang. Le patron est un ami. Il vous attend.

— J'espère que vous n'allez pas nous attacher sur une fusée pour nous expédier à Hong-Kong », remarqua Richard en franchissant la porte.

Ils trouvèrent le patron dans un bureau du rez-de-chaussée qui donnait sur le fleuve et, en face, sur la Chine. Tout dans la pièce était en bois naturel : le sol, le plafond, le bureau, les classeurs, les armoires et la jambe du patron. Celui-ci était d'ailleurs en train de la lustrer quand ils entrèrent : son pantalon retroussé dévoilait un joli morceau d'acajou brillant. A la surprise de Martin, l'homme était un Européen, même si sa barbe noire, sa peau sombre, ses dents éclatantes et ses yeux gris inquisiteurs n'avaient rien de très anglais.

« Entrez ! » grogna-t-il en apercevant ses hôtes.

Comme Richard et Martin n'allaient pas tarder à le découvrir, l'homme ne parlait pas. Il grognait, grondait, éructait, comme s'il en voulait au monde entier.

« Mon nom est Silver, Ferdinand Silver. Mais tout le monde m'appelle Long John, bien entendu. Si j'avais perdu les deux jambes, ils m'auraient appelé John le Raccourci, je suppose. Qu'ils aillent au diable ! Bon, arrêtez de me reluquer et asseyez-vous. Si vous voulez savoir où ma jambe est passée, c'est un requin qui l'a avalée. Et si vous voulez savoir où le requin est passé, regardez au mur. »

Martin regarda au mur. Une énorme mâchoire de requin était suspendue à un crochet.

« Êtes-vous anglais, monsieur Silver ? s'enquit Richard.

— Mère anglaise, père portugais. Je ne les connais ni l'un ni l'autre, Dieu merci. Et si vous tenez au cérémonial, c'est *capitaine* Silver. Mon bateau est amarré en bas de la rivière », précisa le capitaine en hochant la tête.

Puis il ouvrit un tiroir de son bureau dont il sortit quatre verres et une bouteille de whisky.

« Il paraît que vous devez entrer à Hong-Kong, vous deux ? ajouta-t-il.

— Vous pouvez nous y conduire ? demanda Martin.

— Je peux. J'y conduirais votre grand-mère si elle payait le tarif et ne se mettait pas en travers de mon chemin. J'embarque cet après-midi. J'attends la marée. J'ai une tonne d'artifices à bord. C'est mon boulot, vous comprenez, dit-il avec un rire bref. Et j'ai choisi le bon endroit. Les Chinois adorent les pétards. Si quelqu'un meurt, ils tirent un feu d'artifice. Si quelqu'un se marie, même chose. Ils célèbrent des tas de fêtes dans ce pays, et ils tirent des feux d'artifice à chacune d'elles. La fête des Galettes, la fête de Tin Hau, la fête du Dragon, la fête du Fantôme Affamé, tout ça, c'est du travail pour moi. Et tant qu'ils allumeront des pétards, je n'aurai pas besoin de prendre ma retraite ! Mais tout ça ne vous intéresse pas... »

Il ôta le bouchon de la bouteille de whisky avec ses dents et remplit généreusement les verres. Martin n'était pas certain de pouvoir avaler du whisky à onze heures du matin, mais il ne voulait pas vexer le capitaine et il vida son verre comme les autres. Sa gorge prit feu et ses yeux s'emplirent de larmes, mais il parvint à se retenir de tousser.

« Bravo ! » s'exclama le capitaine en se servant un second verre. Puis il baissa la voix et scruta ses invités en plissant les yeux. « Quelque chose de vilain se trame à Hong-Kong, pas vrai ? Pas besoin de me le dire. J'étais là-bas il y a une semaine. Je l'ai senti. Quelque chose dans l'air. J'étais content de repartir. Très content. Et je n'y retournerais pas s'il n'y avait pas les affaires.

— Nous prendre à bord peut être dangereux », remarqua Martin.

Le whisky avait le curieux effet de lui bloquer la voix au fond de la gorge.

« Faire du trafic d'armes en Chine est dangereux, répliqua le capitaine. Rester assis sur un bateau chaviré au milieu d'une mer infestée de requins est dangereux. Poser un hélicoptère dans un champ de mines est dangereux. J'ai fait tout ça. Alors, le reste...

— Je dois vous laisser, intervint Chang. Le capitaine Silver est un vieil ami. Vous êtes en de bonnes mains. »

Chang serra la main de chacun et sortit.

« Vous avez rencontré son grand-père ? demanda Silver après son départ. Ou, devrais-je plutôt dire, son arrière-arrière-arrière-grand-père ?

— Oui, nous l'avons rencontré.

— Drôle de lascar. Et je sais de quoi je parle. Autrefois il m'a sauvé la vie et s'est occupé de moi après mon aventure avec les requins. Alors, quand il me demande une faveur, je ne lui pose pas de questions, grommela Silver en rebouchant la bouteille. Mais si vous voulez mon avis, mes amis, vous êtes dingues. Hong-Kong n'est pas un endroit sain, en ce moment. Et si vous y allez par ce chemin, c'est que vous avez quelqu'un à vos trousses. Vous pouvez me croire sur parole, ils vous trouveront.

— Personne ne nous as vus venir ici, objecta Richard.

— Comme personne ne vous a vus franchir la frontière à quatre heures et demie hier ? ironisa Silver. La moitié de la péninsule vous a vus. Personne ne garde rien secret à Macao. Ils vous ont repérés, soyez-en sûrs, et les nouvelles circulent plus vite que le vaccin contre la peste !

— Alors, plus tôt nous partirons, mieux ce sera, conclut Martin.

— Il faut attendre la marée, mon garçon, dit Silver en vidant d'un trait son second verre de whisky.

— Que se passait-il en ville, tout à l'heure ? demanda Richard. Il y avait toute une agitation.

— Une agitation, ça oui. Drôle d'histoire », grogna le capitaine en sortant de sa poche une blague à tabac et du papier à cigarette.

Il avait de grosses mains mais très agiles. Jamais Martin n'avait vu rouler si vite une cigarette.

« Il y a un temple, non loin d'ici. La ville en est pleine, mais celui-ci est dédié à A-Ma, la Reine des Cieux, ce qui le rend très spécial. A-Ma est une sorte de déesse du climat, et Macao étant un port, les habitants ont un respect très profond pour le temps. Le temple est construit sur le flanc d'une colline et si vous le visitez, vous verrez une pile de cages entassées en hauteur. Et qu'y a-t-il dans ces cages ? Des tortues. Ici les gens croient que la tortue est une sorte d'esprit, que son grand frère se trouve dans la mer, et qu'il peut apporter le mauvais temps s'ils ne veillent pas sur elle. Vous me suivez ? Moi, les tortues, j'en fais de la soupe. Eux, ils les nourrissent et les soignent. Ils pensent que ça fera plaisir au grand frère et apportera le beau temps.

— Et alors ? demanda Martin.

— Eh bien, c'est assez bizarre. Ils ont trente ou quarante tortues dans le temple A-Ma et, ce matin, ils sont montés les nourrir comme d'habitude. Mais ils n'ont pas pu. Toutes les tortues sont mortes au cours de la nuit... »

Première Banque Mondiale

MEMORANDUM
DE : *P.-D.G.*
À : *Mme Erica Mortiss*
COPIES À : *Directeur général*
Directeur du personnel
Directeur commercial
Administrateur

Nos agents de Macao ont confirmé l'arrivée du sujet.

Il semble s'être infiltré sur la péninsule par la frontière chinoise, hier, en compagnie du journaliste anglais Richard Cole. Ils ont été accueillis à la frontière par un Chinois non identifié, probablement un sympathisant du Lotus Blanc, qui les a conduits dans un endroit inconnu.

Nos agents de Macao sont restés en alerte. Richard Cole a été de nouveau repéré au Casino de Macao, où il a joué (et perdu) à la roulette. Cole a ensuite été filé jusqu'à une grande maison de la rue Praia Grande. Le nom des occupants est inconnu mais les recherches sont en cours. Une surveillance est maintenue pendant la nuit.

Le sujet a quitté la maison à 9 h 27, en compagnie du journaliste et d'un chauffeur, qui les a conduits chez Kung Hing Tai, fabricants de feux d'artifice, sur la rivière des Perles. Ils n'ont plus été revus depuis.

A mon avis, le sujet va être amené à Hong-Kong par des agents du Lotus Blanc, probablement sous le couvert du fabricant de feux d'artifice.

Tous les navires de police du port de Hong-Kong et des îles voisines ont reçu l'ordre de se tenir en état d'alerte.

Aucun changement dans l'état de Will Tyler. Il n'a ni mangé ni bu depuis deux jours. On a essayé de le nourrir de force. Le garçon ne doit pas mourir avant la capture de Martin Hopkins. Ensuite, il sera éliminé.

Notre première priorité reste Martin Hopkins. Le sujet doit être capturé vivant. Richard Cole et les autres agents peuvent être abattus.

Jamais Martin n'aurait imaginé le bateau du capitaine Silver comme ça, et pourtant ce n'était pas réellement surprenant.

C'était une jonque. Une véritable jonque chinoise conçue pour le transport des marchandises, de grande taille et très ancienne. Martin ne s'attendait pas à en voir une de si près, et encore moins à naviguer dessus comme il le faisait en ce moment même, au milieu de la mer de Chine, filant sur les eaux sombres, avec le vent dans le dos et le soleil perché au-dessus de l'horizon comme une orange trop mûre posée sur le bord d'une table. La jonque n'avait pas de moteurs. Trois voiles, brunes comme du parchemin, la faisaient voguer. La plus petite se trouvait à l'arrière, au-dessus du gouvernail. C'est là que se tenait Martin, juché sur une plate-forme en bois surélevée, écoutant les craquements des cordages, le claquement des voiles et les cris du capitaine Silver, à côté de lui, qui braillait ses ordres aux quatre Chinois de son équipage. La plus grande voile, d'environ six mètres de large, dominait le centre de la jonque. Richard était assis dessous, perché sur l'une des nombreuses caisses couvertes de bâches qui occupaient les moindres parcelles disponibles du pont. Quelques heures plus tôt, avec la plus parfaite inconscience, il avait allumé une cigarette. Le capitaine Silver l'avait presque jeté par-dessus bord. La jonque transportait une centaine de caisses. Chacune d'elles portait deux éclairs tracés à la peinture rouge, et ce simple mot : DANGER, en portugais et en chinois. Il y avait la valeur de dix mille livres de feux d'artifice à bord. Une seule allumette, et Richard aurait assisté au plus beau spectacle de pyrotechnie de sa vie. Mais il n'y aurait pas survécu.

« Où l'avez-vous eue ? demanda Martin.

— La jonque ? dit le capitaine Silver en embrassant son bateau d'un regard amoureux. Je l'ai trouvée en train de pourrir dans un port de Lantau, l'une des petites îles de la baie. Je l'ai retapée de mes propres mains. Ça m'a coûté trois ans de ma vie, et plus d'ampoules dans les mains qu'il n'y avait de peau. Mais ça en valait la peine. C'est une vraie beauté, non ? Une épave de jonque quand je l'ai trouvée, et maintenant une merveille. »

Martin respira à pleins poumons. Sous l'air salé et iodé, on devinait l'odeur de vieux bois, un peu moisi et légèrement épicé. Il laissa courir son doigt sur le plat-bord qui était chaud malgré la fraîcheur de l'air.

« Je me demande ce qu'un gamin comme toi vient faire par ici, remarqua le capitaine Silver. Quel âge as-tu ? Douze ? Treize ans ?

— J'ai quatorze ans, protesta Martin.

— Quatorze ans ! Et sans doute jamais mis les pieds à l'école, si j'en crois ce que je vois. Ça se sent. J'ai le sentiment que tes yeux ont vu des choses pas banales. Et maintenant, Hong-Kong... Tu n'es pas ici en vacances, c'est évident. Alors, que viens-tu faire ?

— C'est une longue histoire, répondit Martin.

— J'adore les longues histoires. Plus elles sont longues, plus je les aime. Un jour, on m'a raconté une histoire qui a duré de Darwin à Java. Trois mille miles. Et j'étais dans un bateau à rames, à l'époque. Il nous reste encore une heure. Je t'écoute ?

— Une autre fois, capitaine, dit Martin en souriant. Quand nous serons ressortis de Hong-Kong.

— Je te rappellerai ta promesse, mon gars. Toi, moi et une bouteille de whisky. Et puis des tas d'histoires. »

Martin descendit de son perchoir et enjamba un entrelacs de cordages pour rejoindre Richard. Toujours juché sur sa caisse, le journaliste avait le teint verdâtre.

« Il nous reste encore une heure, lui annonça Martin.

— Bon, marmonna Richard, les mains crispées sur son estomac. Je regrette d'avoir déjeuné.

— Mais tu n'as pas déjeuné, lui fit remarquer Martin.

— Je parle du déjeuner d'hier. »

Une demi-heure plus tard, apparurent les lumières de Hong-Kong.

La nuit était tombée, ainsi que le vent, au moment où la jonque mettait le cap sur le port de Hong-Kong. Il restait juste assez de lumière pour distinguer les ombres argentées des montagnes qui s'étiraient derrière les gratte-ciel comme un immense voile de soie. Les immeubles eux-mêmes étaient invisibles, transformés en une infinité de points lumineux. Blancs, orange, jaunes, verts... La ville était embrasée de lumières, pourtant le spectacle qu'elle offrait n'avait rien d'accueillant. Il faisait froid, et une brume épaisse s'étirait au-dessus de l'eau, enveloppant d'ouate la jonque qui avançait en silence. Tout était calme. Ils semblaient naviguer au milieu d'un cimetière géant. Martin ne pouvait se défaire de l'impression que les tombes de ce cimetière étaient béantes et que les cadavres les attendaient en tendant les bras.

« Vous comprenez ce que je voulais dire ? chuchota le capitaine Silver en s'approchant d'eux. C'est une ville moderne, mais elle a l'air vieille, hors d'âge. Plus rien n'est normal. Plus rien du tout. »

Quelques minutes plus tard, ils pénétrèrent dans le port même. La terre n'était plus loin, maintenant, avec Kowloon d'un côté et Hong-Kong de l'autre ; pourtant, il régnait un silence total. Le brouillard étouffait tous les bruits de la ville. Soudain, l'un des marins chinois poussa un cri. Le capitaine Silver jura en clopinant vers l'autre bord de la jonque. Richard et Martin le suivirent. Le Chinois montrait quelque chose du doigt, mais l'obscurité et le brouillard les empêchaient de distinguer quoi que ce fût.

« Il y a quelque chose ? demanda Richard.

— Je ne sais pas, dit le capitaine Silver en levant la main. Écoutez ! »

Tendant l'oreille, ils entendirent le peuf-peuf-peuf-peuf d'un bateau à moteur qui approchait rapidement. Ils ne le discernaient toujours pas, à cause du brouillard qui formait au-dessus de l'eau une couche de trois mètres, mais le bruit se dirigeait droit sur eux.

« Qu'est-ce que c'est ? murmura Martin.

— Je ne sais pas, répondit le capitaine en grattant sa jambe de bois. Mais mon pilon me démange, et c'est signe de pépin. »

Peuf-peuf-peuf-peuf. Un deuxième bateau s'était joint au premier. Il venait du port en droite ligne. Les deux navires ne déviaient pas de leur cap. Le ronronnement de leurs moteurs restait continu. Ils approchaient. Martin entendit le clapotis des vagues de leur sillage.

« Ils vont nous dépasser, dit Richard. Ils ne nous ont pas vus... »

Peuf-peuf-peuf-peuf. Les Chinois de la jonque regardaient fixement le capitaine. Les bateaux qui croisaient dans l'obscurité pouvaient être n'importe quoi : des navires de pêche rentrant au port, des sampans, un ferry tardif. Mais ils n'étaient pas dupes. Ils savaient. Ils sentaient le danger.

« Bon sang, mais qu'est-ce... », commença le capitaine Silver.

A ce moment, les moteurs des bateaux se mirent à rugir, et deux projecteurs transpercèrent le brouillard, braqués sur le pont de la jonque. Martin et Richard se figèrent. Une voix résonna dans la nuit, amplifiée par un mégaphone.

« Ici la police de Hong-Kong, lança la voix. Mettez en panne pour un contrôle de routine. Je répète, ceci est un contrôle de routine. Préparez-vous à nous recevoir à bord. »

Martin se tourna vers le capitaine. Celui-ci tapota la rambarde de son poing et poussa un soupir.

« C'est peut-être la police, mais il n'y a rien de routinier dans ce contrôle, marmonna-t-il. Ils nous attendaient.

— Comment le savez-vous ?

— Ils se sont adressés à nous en anglais. »

Le brouillard se dissipa soudain. Il s'agissait bien de vedettes de la police : on apercevait leurs numéros d'identification sous le faisceau des projecteurs. Les bateaux étaient presque aussi hauts que longs, avec une passerelle s'élevant de six mètres au moins au-dessus du pont, et surmontée d'un radar tournant. Une coque en acier, des hublots à l'épreuve des balles, un pont avant très effilé et terminé par un bout-dehors capable d'éperonner. Il ne s'agissait pas de simples bateaux, mais de navires de guerre miniatures. Pourtant ce n'était pas seulement leur aspect qui impressionnait Martin, mais leur mouvement tournant autour de la jonque et les équipages alignés sur le pont. Chacun comptait une cinquantaine d'hommes en tenue de combat, leurs visages masqués par les visières noires de leurs casques. Quand les deux bateaux se croisèrent, leurs projecteurs illuminèrent les mitrailleuses. Des mitrailleuses ! Et eux qui n'étaient entrés dans le port de Hong-Kong qu'avec des pétards ! Les policiers ne prenaient aucun risque.

« Il faut filer », dit le capitaine Silver à Martin, les yeux fixés sur les bateaux qui les encerclaient.

A la grande surprise de Martin, il venait d'allumer un cigare et soufflait la fumée entre ses dents serrées.

« Mais on ne peut pas les semer ! s'exclama Richard. Pas avec des voiles...

— On ne les sèmera pas à la voile. On les sèmera à la nage ! »

Il leur fallut quelques secondes avant de comprendre ce qu'il voulait dire. Le capitaine Silver souffla quelques mots en chinois à son équipage et repoussa la bâche qui couvrait les caisses. Quand Martin se retourna, le capitaine tenait une fusée dans une main et son cigare dans l'autre. Alors, seulement, il comprit son plan.

« Vous ne pouvez pas ! s'écria-t-il.

— Ah non ? ricana le capitaine avec une expression satanique. Que proposes-tu, mon garçon ?

— Nous allons partir à la nage, Richard et moi. Sans nous, vous serez en sûreté. Ils ne vous toucheront pas. Vous n'avez pas à...

— Crois-tu que je n'avais pas prévu ça ? le coupa le capitaine Silver. Crois-tu que le Hsien ne savait pas ce qui nous attendait ? Il m'a demandé de veiller sur toi, et c'est ce que je vais faire.

— Mais votre jonque...

— Il y a plein de jonques sur les mers. J'en trouverai une autre. »

Le capitaine mit la fusée en contact avec le bout de son cigare. Aussitôt, elle se mit à siffler et, quand il la lâcha, Martin vit un petit serpentin de feu filer sous la bâche.

« Prêt à aborder ! lança la voix métallique en provenant de la vedette de la police.

— Nous avons soixante secondes », annonça le capitaine.

Les vedettes avaient manœuvré de façon à aborder chacune d'un côté de la jonque en la prenant en sandwich. Richard et Martin coururent derrière le capitaine entre les caisses jusqu'à l'arrière, et montèrent sur la plate-forme de gouverne. Les quatre Chinois avaient déjà filé. Ils grimpèrent sur le gouvernail et se laissèrent glisser dans l'eau sans faire de bruit. Martin s'attendait à trouver l'eau très froide, mais elle était curieusement tiède. Il avait l'impression de plonger dans la baignoire de quelqu'un d'autre.

« Richard ? murmura-t-il.

— Je suis là, souffla une voix près de lui.

— Par ici ! » dit le capitaine en s'élançant.

Ses bras puissants tiraient sa jambe inutile derrière lui.

Ils nagèrent en direction de la terre la plus proche. Les quatre Chinois avaient disparu, et Martin se demanda s'ils avaient pris le même chemin. Derrière lui, il entendit un bruit de bottes marteler le pont de bois, et les cris des policiers qui fouillaient la jonque. Un objet non

identifié lui frôla la joue, et Martin ferma hermétiquement la bouche, bien décidé à ne pas avaler une seule goutte de cette eau répugnante. Le rivage était plus éloigné qu'il l'avait cru, car il nageait depuis un temps qui lui paraissait interminable et la terre ne se rapprochait toujours pas. Combien de temps avait dit le capitaine ? Soixante secondes ? La fusée avait dû s'étouffer.

Martin cessa de nager la brasse et se retourna sur le dos de façon à pouvoir voir les bateaux. Et il vit tout.

La jonque était maintenant à quelques centaines de mètres, immobilisée au milieu du port dans un coussin de brume blanche. Les trois voiles ressemblaient à des silhouettes en papier, qui se découpaient devant les millions de lumières de la ville en arrière-plan. Au-dessous, les policiers arpentaient le pont en gesticulant, comme ces personnages hystériques des comédies burlesques du cinéma muet.

Et puis, le premier pétard explosa. Il y eut un immense éclair en plein milieu de la jonque, d'abord blanc, puis vert émeraude, et enfin doré. C'était si inattendu, si beau, que les policiers eux-mêmes s'immobilisèrent pour l'admirer. Puis ils comprirent ce que cela signifiait. Mais il était trop tard.

La jonque explosa. Elle sembla se désintégrer dans une immense flamme rouge, bleue, blanche, verte, jaune... toutes les couleurs du spectre. Elle disparut un instant dans une boule de feu qui grossit à une vitesse folle. L'éclat était aveuglant. Même les montagnes, à un kilomètre de là, furent illuminées, et les lumières de Hong-Kong semblèrent soudain ternes et minuscules. Ensuite, la boule de feu explosa et les fusées s'éparpillèrent dans la nuit, emportant avec elles les cris des policiers pris dans ce brasier infernal. Ce fut le début d'un chapelet de déflagrations qui se répercutèrent dans tout le port. Les pétards explosaient, crépitaient, sifflaient de manière assourdissante.

Tout s'arrêta aussi vite que cela avait commencé. Les dernières fusées sombrèrent dans l'eau en grésillant. Martin plissa les yeux, l'éclat de l'explosion encore imprimé sur sa rétine. Puis, lentement, sa vue redevint normale.

La jonque était en flammes, ses trois voiles embrasées comme des torches. Personne ne bougeait. L'une des vedettes de la police avait chaviré sur un flanc, frappée de plein fouet par l'explosion. La seconde dérivait au loin. Le mât central de la jonque se cassa soudain en deux, et les flammes se mirent à dévorer le pont. C'était le plus gigantesque feu d'artifice auquel eût assisté Martin, et aussi le plus rapide. Mais il était sans aucune gaieté. Et ses décombres le laissèrent las et écœuré.

Il sentit soudain une main sur son épaule. C'était Silver.

« Allons-y, mon garçon, dit le capitaine d'une voix douce. Il nous reste un bout de chemin à nager. Nous n'y sommes pas encore. »

Martin suivit le capitaine, Richard dans son sillage. A présent, ils tournaient le dos à la jonque en flammes. Aucun d'eux ne parla.

Il leur fallut une demi-heure, en nageant contre le courant, pour atteindre la terre ferme. Ils accostèrent à Kowloon et se hissèrent sur la rive, à l'ombre d'Ocean Terminal, tout près du quai du ferry. Silver sortit de l'eau le premier. Richard et Martin, frissonnants et les muscles endoloris, le rejoignirent une minute plus tard.

« Eh bien ! dit le capitaine. Nous sommes arrivés à Hong-Kong.

— Oui, dit Richard en jetant un regard à l'épave de la jonque, au loin. Mais comment allons-nous en ressortir ? »

14

LA CITÉ MURÉE

Ils séchèrent leurs vêtements du mieux qu'ils purent, dans l'air chaud pulsé par les ventilateurs du bâtiment près duquel ils avaient accosté. Il s'agissait d'Ocean Terminal, l'un des nombreux complexes commerciaux qui avaient fait de Kowloon la « terre dorée » de Hong-Kong. Il n'y avait heureusement personne en vue dans la cour cimentée à l'arrière du bâtiment, mais ils se dépêchèrent quand même. Dès que leur tenue fut convenable (du moins autant qu'elle pouvait l'être), ils sortirent de l'ombre et se fondirent dans la foule qui se pressait sur les trottoirs, de l'autre côté du bâtiment. Martin voyait tout au travers d'un brouillard. Les boutiques de Hi-Fi avec les flots de musique qui se déversaient dans la rue, les bijouteries avec leurs vitrines regorgeant de montres et de bagues, les boîtes de strip-tease, les enseignes au néon multicolores, tout se brouillait devant ses yeux et n'éveillait en lui qu'une douloureuse migraine. Il ne pensait qu'à une seule chose : les agents des Anciens étaient au courant de sa présence à Hong-Kong et ils le recherchaient. Il lui fallait agir vite.

Le capitaine Silver leva la main et un taxi s'arrêta le long du trottoir.

« Un taxi ? s'étonna Richard. Est-ce bien prudent ?

— Rien n'est prudent, à Hong-Kong, grogna le capitaine en se tournant vers Martin. Tu sais où aller ?

— Nous devons nous rendre dans un endroit appelé la Cité Murée, répondit Martin en se souvenant des paroles du Hsien, sans savoir de quoi il s'agissait.

— Direction l'aéroport », marmonna le capitaine.

Il donna ses instructions en chinois au chauffeur de taxi, et tous trois grimpèrent sur la banquette arrière. Le chauffeur leva son drapeau. Le compteur se mit à tourner et le taxi démarra.

« L'aéroport ? s'étonna Martin. Est-ce qu'il faut prendre l'avion ?

— Non, répondit Silver. Mais la Cité Murée se trouve à côté. Si j'avais indiqué le nom exact au chauffeur, il aurait refusé de nous y conduire. »

Richard jeta un regard soupçonneux au chauffeur.

« Quelque chose ne va pas ? lui demanda le capitaine.

— Comment être sûrs qu'il va nous conduire où nous voulons ? Si toute la ville est contre nous...

— Ils n'auront pas eu le temps, lui fit observer Martin. Ils croyaient nous intercepter sur la jonque. Il leur faudra deux bonnes heures pour organiser la partie de chasse contre nous... puisque c'est le mot qui convient.

— Il a raison, acquiesça le capitaine Silver. Martin a une tête sur les épaules, et il sait comment s'en servir. Une heure, peut-être deux, en tout cas ça nous laisse un répit. »

Ils s'arrêtèrent à l'entrée de l'aéroport Kai Tak et Silver régla la course du taxi. Martin était content qu'il fasse nuit. L'aéroport grouillait de policiers en uniforme noir, comme si la ville venait de déclarer la guerre. On le recherchait. Une douleur lui oppressait la poitrine. Il s'aperçut qu'il retenait son souffle et se força à se détendre. Peut-être Richard avait-il raison depuis le début ? Les Anciens l'avaient attiré dans un piège, et il s'était laissé manœuvrer...

« La voilà », dit Silver en pointant le bras de l'autre côté de la route.

D'abord, Martin crut tout simplement voir un

grand pâté de maisons. Puis il s'aperçut que ce n'était pas grand, mais immense. La Cité Murée n'était ni une cité, ni murée. Ce n'était pas non plus précisément un lotissement résidentiel. Ça ne ressemblait à rien de ce que connaissait Martin. Au moment où ils en approchaient, un avion rugit au-dessus de leurs têtes en rasant les toits. Quelque part au fond de lui, Martin eut la certitude que Will avait atterri par là.

« Cet endroit était connu comme le seul quartier chinois de Hong-Kong, expliqua le capitaine Silver. Cela remonte au siècle dernier, quand Hong-Kong a été donné aux Anglais. On l'a muré à ce moment-là, mais les murs ont été démolis depuis. Pourtant, le quartier est resté chinois. C'est le domaine de l'opium et de toutes sortes de vilains trafics. On y réserve un curieux accueil aux touristes.

— Quel genre d'accueil ? » s'enquit Richard.

Le capitaine Silver se passa l'index en travers de la gorge en guise de réponse.

En approchant, Martin eut une vision plus nette. On aurait cru que quelqu'un, il y a très longtemps, avait empoigné vingt ou trente tours d'habitations et les avait serrées si fort qu'elles n'étaient plus distantes que de quelques centimètres. Les fissures disparaissant dans l'obscurité étaient des ruelles étroites et tortueuses. A l'extérieur, les balcons étaient empilés les uns au-dessus des autres et grimpaient sans ordre vers le ciel comme une tour de boîtes d'allumettes. Il était impossible de croire que des gens habitaient là, derrière ces fenêtres grises et sales. Pourtant, ce qui de loin ressemblait à des guenilles était en réalité du linge, des milliers et des milliers de vêtements en train de sécher au vent sur des cordes. Les toits irréguliers étaient encombrés d'une multitude d'antennes de télévision. Ici et là, à travers une fenêtre, on apercevait la lueur bleutée d'un téléviseur et Martin imaginait des familles entières regroupées devant leur écran, dans des cuisines ou des chambres minuscules, perdues dans ce désespérant bric-à-brac surpeuplé qu'était la Cité Murée.

« Restons bien groupés, à partir de maintenant, leur souffla Silver. Quel est le nom de votre contact ?

— M. Chan.

— Un dentiste, hein ? Ce devrait être par ici... »

Ils avaient atteint les abords de l'immense ghetto, et ils y plongèrent en suivant l'une des ruelles qui s'y engageaient. Martin se sentit comme un asticot pénétrant dans un tas d'ordures. Quittant l'air libre, il était englouti par un trou noir où le soleil n'avait sans doute jamais réussi à s'infiltrer.

« Y a-t-il vraiment des gens qui vivent ici ? demanda Richard.

— Oui, répondit Silver. Et parlez à voix basse, sinon vous regretterez qu'ils existent. »

C'était presque incroyable. Le passage mesurait environ un mètre de large, éclairé de temps à autre par une ampoule dont la lueur avait bien du mal à percer la crasse qui recouvrait le globe. Par endroits, le plafond était si bas que Martin se sentait devenir claustrophobe, oppressé par la masse de la Cité Murée. Quelques mètres plus loin, le plafond disparaissait et il voyait les étoiles. Était-il dedans ou dehors ? Impossible de le savoir avec certitude. Pourtant, au bout de quelques minutes, après avoir pénétré plus profondément dans ce dédale, il en vint à la conclusion qu'il se trouvait à la fois dedans et dehors.

Ils tournèrent un angle. Une enseigne rouge peinte de caractères chinois était suspendue en l'air.

« Voici l'antre du dentiste », murmura Silver.

Au même instant, deux jeunes gens en T-shirt apparurent devant eux. Ils s'arrêtèrent puis, sans un mot, tournèrent les talons et disparurent par où ils étaient venus.

« Eh bien, grommela le capitaine en haussant les épaules. Inutile de compter sur l'effet de surprise ! »

Il fit quelques pas et s'arrêta devant la vitrine d'une boutique. Trois appareils dentaires ornaient la devanture, trois sourires figés que l'absence de bouches, de joues, de nez ou de toute autre partie du visage humain rendait horribles.

« C'est la boutique de Chan ? demanda Martin.

— C'est ce que dit la pancarte, grogna Silver.

— Je hais les dentistes », marmonna Richard.

Le capitaine ouvrit la porte et ils entrèrent.

La pièce était petite et minable, meublée d'un bureau, de deux chaises, et décorée d'une affiche murale montrant les différentes sections de la mâchoire humaine. Assis derrière le bureau, un homme lisait une revue médicale. Il la posa en les voyant entrer. Martin lui donna une cinquantaine d'années. Plutôt grassouillet, il portait une blouse blanche et des chaussures en crocodile.

« Monsieur Chan ? interrogea Martin.

— Oui... »

Le dentiste semblait surpris.

« Je m'appelle Martin Hopkins.

— Ravi de vous rencontrer...

— Mon oncle !... »

Une seconde porte donnant sur la boutique venait de s'ouvrir devant une jeune fille.

« Je savais que vous viendriez, dit-elle en s'adressant à Martin.

— Jen ! »

Le dentiste l'interrompit sèchement et la noya sous un flot de paroles en chinois.

« Ils connaissent bien Will, conclut le capitaine Silver qui avait compris ce que disait Chan, à la grande surprise de celui-ci. Et notre ami ici présent n'est pas dentiste.

— J'ai besoin d'aide », reprit Martin d'une voix calme en tendant la main pour montrer le sceau en ivoire que lui avait remis le Hsien à Macao.

Le dentiste se figea. D'un geste très lent, il prit le sceau et le soupesa dans le creux de sa main.

« Où avez-vous eu cela ? questionna-t-il dans un anglais nettement moins haché qu'un instant plus tôt.

— Un ami me l'a donné, répondit Martin. Vous savez ce que c'est ?

— Oui. C'est un *chop*. Un sceau personnel. Je sais de qui il vient, et je sais qui vous êtes, ajouta M. Chan en rendant l'objet à Martin. Il signifie que je dois vous obéir.

— Il est venu chercher Will, dit Jen en s'approchant. J'étais avec lui le jour où on l'a capturé.

— Triste affaire, soupira M. Chan en secouant la tête. Deux minutes de plus, et il quittait Hong-Kong. Mais Will a été retourné, Martin. Ils en ont fait l'un des leurs. Au dernier moment, il nous a trahis.

— Vous le croyez vraiment ?

— Non, pas moi, répondit Jen. J'étais présente. Ils m'auraient capturée aussi, si je ne m'étais pas enfuie.

— Tu as eu de la chance, remarqua M. Chan. Mais les autres n'en ont pas eu autant. Deux de nos amis ont été tués, deux autres arrêtés. Par la faute de Will.

— On m'a dit que vous deviez me conduire auprès de quelqu'un, ou plutôt une organisation, du nom de Lotus Blanc. Voulez-vous m'y emmener ?

— Oui, je le ferai à cause de ce sceau. Mais je dois vous prévenir, Martin. Si vous paraissez devant le Lotus Blanc, ils vous tueront. Ils sont persuadés que Will les a trahis. Vous mourrez à sa place.

— Tu parles d'une aide ! grommela Richard.

— Allons-y », décida Martin.

M. Chan retira sa blouse blanche, sous laquelle il portait un costume ordinaire. Jen lui jeta un regard implorant. Il hocha la tête et elle quitta la boutique avec eux, M. Chan ouvrant la marche, suivi de Martin, puis de Richard Cole et du capitaine Silver. Un groupe de jeunes Chinois s'était massé autour de l'échoppe du dentiste. Ils avaient des visages durs et le regard fixe. Ils ne portaient aucune arme visible, cependant on devinait facilement la présence de couteaux à cran d'arrêt ou de revolvers sous leurs blousons. Mais en reconnaissant M. Chan, ils s'écartèrent pour laisser passer Martin et ses amis.

« Les étrangers ne sont pas les bienvenus dans la Cité Murée, expliqua M. Chan. Vous avez de la chance d'être arrivés jusqu'à moi sans encombre.

— On dirait que nous n'avons pas beaucoup d'amis à Hong-Kong, remarqua Martin.

— Je le crains, soupira M. Chan. Ce n'est pas facile pour moi, Martin. Je connaissais à peine Will, et pourtant je l'aimais bien.

— Mais pas assez pour lui faire confiance ?

— Je dois croire ce que j'ai entendu. Jen a foi en lui, même encore maintenant. Pourtant elle était là-bas et elle a tout vu. Il nous a trahis, c'est évident. »

Ils grimpèrent un escalier, longèrent un couloir, descendirent d'autres marches. Sans points de repère et avec seulement de rares aperçus du ciel nocturne, il était impossible de savoir dans quelle direction ils allaient ; cependant, Martin était certain qu'ils s'enfonçaient de plus en plus loin dans la Cité Murée. L'air semblait se raréfier, et le silence épais devenait presque suffocant.

« C'est encore loin ? » demanda-t-il.

Ils marchaient depuis dix minutes, et M. Chan les avait guidés dans un tunnel qui se terminait par une lourde porte en fer vieille d'au moins cent ans. Elle n'avait ni trou de serrure ni poignée, et semblait soudée au mur par la rouille. Martin n'avait pas la moindre idée de la façon dont ils étaient parvenus jusque-là. Seul, il aurait été incapable de retrouver son chemin.

« Nous y sommes, souffla M. Chan. Comme promis, je vous ai conduits au Lotus Blanc. Mais je vous avertis, Martin...

— Ouvrez la porte, monsieur Chan. »

M. Chan secoua la tête.

« On n'entre pas au Lotus Blanc par une porte, Martin. On y entre par l'imagination. Regardez derrière vous. »

Martin se retourna.

Pour parvenir jusqu'à cette porte en fer, ils avaient suivi un long couloir crasseux avec des parois en briques, des néons au plafond, des boîtes à fusibles et des fils électriques. Or, en se retournant, Martin ne vit plus rien de tout cela. Le couloir lui-même avait disparu comme par enchantement.

« Bon sang... », murmura le capitaine.

Devant eux s'ouvrait une immense salle, une grotte naturelle en plein cœur de la Cité Murée. Une partie du plafond avait également disparu, et le ciel luisait au-dessus de leurs têtes, criblé d'étoiles. Du quartz et d'autres cristaux brillaient sur la paroi rocheuse, reflétant la lumière de la centaine de lanternes qui venaient de surgir de nulle part. Mais tout cela n'était rien comparé à ce qui occupait le centre de la salle. Était-ce un palais, un pavillon, un temple ? Un mélange des trois, conclut Martin. Mais d'où venait-il ? Martin se rappela avoir un jour reçu en cadeau une boîte à secrets chinoise, et combien d'heures il lui avait fallu pour réussir à l'ouvrir. Eh bien, ce qu'il voyait était une gigantesque boîte à secrets...

La bâtisse comptait deux étages, et ses toits de tuiles dorées étaient supportés par de minces piliers rouges. Deux lignes d'inscriptions chinoises, argent sur blanc, couraient sur la façade au-dessus de la porte ouverte. De chaque côté de la porte, une urne en pierre, décorée de sculptures compliquées, laissait échapper une fumée odorante. Les deux toits, l'un au-dessous de l'autre, étaient légèrement recourbés, comme des feuilles de papier exposées au soleil. La construction aurait paru remarquable partout ailleurs dans le monde. Mais ici, enfouie au milieu de la Cité Murée, elle semblait carrément irréelle.

« Je n'y comprends rien ! s'exclama Richard. Nous ne sommes pas passés devant. Alors comment se fait-il que ce soit là maintenant ?

— C'est ici que les membres du Lotus Blanc se rencontrent, expliqua M. Chan avant de se tourner vers Martin. Vous êtes sûr de vous ?

— Martin..., commença le capitaine Silver.

— Absolument », dit Martin.

Richard vint se planter à côté de son ami.

« Martin, tu ne peux pas entrer là-dedans. M. Chin... heu... Chan, semble persuadé que les membres du Lotus Blanc veulent ta mort. Et personne ne nous a même expliqué ce qu'est le Lotus Blanc ! Moi, je dis que nous devrions filer d'ici et rentrer à la nage à Macao...

— Non », le coupa Martin en avançant.

Il arriva bientôt devant les urnes en pierre. La fumée montait en spirale, comme deux serpents cherchant à le faire reculer. Mais il les ignora.

« Je continue de croire que c'est une mauvaise idée », maugréa Richard.

Martin franchit la porte et pénétra dans le temple.

15

L'ÉCHELLE AUX ÉPÉES

Il faisait sombre à l'intérieur du temple, et l'obscurité le faisait paraître plus petit. Le sol était nu et net, simple cercle de mosaïque entouré de piliers et de rideaux, avec un balcon surélevé courant tout autour. De l'encens était suspendu en l'air, mais ne diffusait aucune odeur. Il faisait étrangement froid, ici, comme si le temple s'était échappé de la ville qui l'enserrait, et qu'en franchissant la porte, on pénétrât dans un autre monde.

Quatre hommes se tenaient au bord du cercle, tous vêtus de longues robes en soie brillamment colorées, amples et vagues, qui touchaient le sol. Avec la lumière qui tombait d'en haut, on discernait mal leurs visages, mais Martin devina leur grand âge et conclut qu'ils étaient des Hsiens. Pourtant, ces vieillards n'étaient pas là en amis. Ils croyaient que Will Tyler les avait trahis, et s'apprêtaient à faire subir un procès à Martin.

Il jeta un regard nerveux par-dessus son épaule. La porte s'était refermée en silence. Richard le rejoignit. Le bruit de ses talons résonna sur le sol dur.

« Qui sont-ils ? murmura-t-il. Quel est cet endroit ?

— Je ne sais pas, répondit Martin. Mais ça fera une sacrée histoire à raconter.

— Oui, grommela Richard avec un signe de tête vers la porte. S'ils nous laissent ressortir.

— Martin Hopkins ! »

L'un des quatre hommes venait de parler. Ou peut-être les quatre ensemble. Les murs arrondis s'emparaient de tous les sons et les renvoyaient vers le haut, si bien qu'ils semblaient flotter dans l'air. Martin s'avança vers le centre du cercle et les Hsiens se retrouvèrent ainsi autour de lui comme des pointes d'un compas. Derrière lui, Martin entendit le capitaine Silver allumer une cigarette. Il lui en fut reconnaissant. Ce bruit était la seule chose familière et normale de ces lieux.

« Pourquoi êtes-vous venu ici ? questionnèrent les Hsiens.

— Vous savez pourquoi, répondit Martin. Je dois faire sortir Will Tyler de Hong-Kong, et je ne peux y parvenir sans aide.

— Pourquoi devons-nous vous aider ?

— Will ne vous a pas trahis. Vous ne comprenez pas...

— La fille était sur place. Dis-lui ! »

Martin se tourna légèrement pour regarder Jen approcher et le rejoindre au centre du cercle. Il comprit qu'elle leur racontait son histoire à contrecœur et se refusait à croire ce que ses yeux avaient vu. Brièvement, presque dans un murmure, elle décrivit la scène de la gare maritime.

« Il a dit à l'homme que nous étions là, conclut Jen. Je n'ai pas vu ce qui est arrivé aux autres. J'ai réussi à m'échapper par une fenêtre, mais elle était trop petite pour eux. Will leur a dit. Mais je continue de penser qu'il n'avait pas l'intention de...

— Cela suffit ! ordonnèrent les Hsiens.

— Mais elle dit la vérité ! protesta Martin qui, sans connaître la jeune Chinoise, l'aimait déjà beaucoup. Will ne savait même pas ce qu'il faisait. L'homme qu'il a vu dans la gare maritime était son père. Voilà pourquoi il a couru vers lui.

— Son père ! s'exclama M. Chan en avançant à son tour dans la lumière. Cela expliquerait tout. Le garçon était très inquiet à son sujet depuis le début. Pourtant son père... »

M. Chan s'interrompit en regardant Martin.

« Edward Tyler travaille pour les Anciens depuis toujours, expliqua Martin. C'est lui qui a fait venir Will ici. Il s'est servi de lui pour m'atteindre.

— Si vous saviez que les Anciens veulent vous tuer, pourquoi êtes-vous venu à Hong-Kong ? interrogèrent les Hsiens.

— Parce que je ne pouvais pas laisser Will ici tout seul », répondit Martin.

Suivit un long silence. Les Hsiens n'avaient pas bougé, et Martin se demanda s'ils connaissaient un moyen de communiquer entre eux sans paroles. Visiblement, ils parvinrent à une sorte de consensus car, peu après, l'un d'eux s'avança dans la lumière.

« Nous voulons bien vous croire, dit-il. Mais après ce qui s'est passé à Hong-Kong, nous ne pouvons plus faire confiance aux Cinq. Nos yeux ne peuvent voir plus loin. Nous permettez-vous de lire dans votre cœur ?

— Faites ce que vous voulez, acquiesça Martin.

— Il y a une épreuve que vous devez subir. Nous jugerons les Cinq sur votre succès ou votre échec. C'est une épreuve connue des initiés du Lotus Blanc, une démonstration de bonne foi que personne ne peut contester, expliqua le Hsien en pointant le bras. Allez là-bas, grimpez, et dites-nous ce que vous trouvez. Si vous revenez avec votre peau intacte, alors nous saurons que vous avez dit vrai. »

Martin se retourna. Un rideau venait de s'écarter, juste derrière l'endroit où se tenait Richard. Au début, il était certain d'arriver à persuader les Hsiens qu'il disait la vérité et que Will avait agi sans savoir ce qu'il faisait. Mais maintenant, en découvrant ce que cachait le rideau, il en était moins sûr. Il sentit ses paumes devenir moites et se retourna vers le vieil homme le plus proche pour s'assurer que c'était bien ce qu'on attendait de lui. Mais le visage du Hsien demeura impassible. C'était bien l'épreuve. Il n'y avait pas d'autre moyen.

Une échelle se dressait vers le balcon, et au-delà. Elle était entièrement constituée d'épées attachées entre deux filins, juxtaposées comme des barreaux, avec les poignées et les pointes croisées en alternance. Les lames étaient affûtées comme des rasoirs, et c'était le tranchant qui était supposé supporter le poids de Martin. Drôle de test. Les épées ne posaient pas de questions. On marchait dessus et elles vous tranchaient la chair jusqu'à l'os.

« Ils sont dingues ! s'exclama Richard, qui venait de glisser le doigt sur une épée et s'était profondément coupé. C'est une blague ! Et toi, tu te trompes si tu crois que je vais te laisser faire ça.

— Tout va bien, Richard », murmura Martin, la gorge sèche.

Il avait entendu parler d'expériences de ce genre. Marcher sur des charbons ardents, grimper sur des échelles d'épées. Ça s'était fait, c'était faisable. Mais par lui... ?

« Je vais monter à ta place, décréta le capitaine Silver. A mon avis, il te faudrait une jambe de bois pour grimper là-haut. C'est bien les Chinois ! Ils adorent les jeux. Les jeux diaboliques.

— Si vous êtes de bonne foi, les épées ne vous couperont pas, dirent les Hsiens d'une voix neutre. Otez vos chaussures. Montez à l'échelle. Si vous voulez que nous vous fassions confiance, fiez-vous à nous et montez.

— Très bien », dit Martin en enlevant ses chaussures et ses chaussettes.

Il se frotta les mains en essayant de ne pas imaginer la suite mais, en approchant de l'échelle, il lui semblait sentir les lames mordre sa chair, et voir le sang gicler. Le sol de mosaïque était froid sous ses pieds nus. Il sentait les craquelures à la surface, les joints, les aspérités. Ce qu'il s'apprêtait à faire était de la folie pure. Son corps lui hurlait d'arrêter. Il refusa d'écouter. L'échelle était maintenant à quelques centimètres. Les lames luisaient cruellement dans la lumière froide. Il tendit les bras.

« Ne pensez pas à ce que vous faites, dirent les Hsiens. Car la pensée provoque la douleur, alors que la foi l'efface. Rappelez-vous ce qui vous a conduit ici, et vous ne sentirez rien.

— Martin ! »

Cette fois c'était Jen qui avait crié. Elle voulut courir vers Martin, mais son oncle la retint.

Martin respira profondément. Il chassa de son esprit toutes ses pensées, sauf celle de Will. « Il est l'un des Cinq, se répéta-t-il. Nous n'avons trahi personne. Les Hsiens savent qui nous sommes et pourquoi nous sommes là. Ils ne nous feront aucun mal. »

Martin saisit la première épée. Elle était froide. Elle risquait de le blesser. Il devait s'abandonner.

Il s'accrocha à la pensée de Will. Will, Pedro, Jeremy et Nicholas. Les Cinq. Ils allaient former le cercle. Ils venaient de nulle part, sans amis, sans parents, dans ce seul but. Seul, il n'existait pas. Alors comment pouvait-il souffrir ? Il était l'un des Cinq. Les Cinq grimperaient.

Il grimpa.

Richard regarda Martin franchir les trois premiers barreaux, puis monter souplement le reste de l'échelle. Il voyait ses pieds nus se poser sur le tranchant des lames. Tout son poids pesait dessus, et pourtant pas une goutte de sang ne perlait. Pas la moindre coupure. Puis Martin disparut dans l'obscurité, au-dessus, en continuant de grimper aussi facilement que sur une échelle en bois. Richard avait vu des choses incroyables avec Martin, auparavant, mais pas aussi stupéfiantes que cela.

« Que je sois damné ! grogna le capitaine Silver qui s'était approché de Richard. J'en ai souvent entendu parler, mais c'est la première fois que je le vois.

— Et la dernière, j'espère », murmura Richard.

Quelques minutes s'écoulèrent, puis Martin reparut et descendit avec la même facilité qu'il était monté. Richard se précipita sur lui dès qu'il eut touché le sol.

« Martin ! Tu te sens bien ?

— Hein ?... Quoi ? »

Martin semblait étourdi. Il avait le regard vide et lointain.

« Montre-moi tes mains », dit le journaliste en saisissant ses poignets.

Mais il n'y avait aucune trace. Les paumes de Martin étaient intactes.

« Pas de bobo ? sourit le capitaine Silver. Eh bien, un truc pareil, ça vaut de l'or. Si tu veux te faire embaucher dans un cirque, ils paieront cher pour voir ton numéro !

— Qu'avez-vous vu ? demandèrent les Hsiens en se rapprochant, un sourire aux lèvres.

— C'était étrange, répondit Martin d'une voix encore lointaine. La fumée de l'encens... J'ai regardé au travers, et j'ai vu une bâtisse. Je crois que c'était un monastère ou quelque chose de similaire. Il était en feu. Les gens à l'intérieur couraient pour essayer de s'enfuir, mais des cavaliers les attendaient dehors. Ils les encerclaient. Les gens étaient massacrés. Je les entendais hurler et je voyais du sang partout. Mais certains se sont échappés. Cinq hommes... »

Soudain la vie revint dans les yeux de Martin. Il était vif et tout à fait réveillé.

« L'un de ces hommes était Han Shang-Tung. C'était le chef des Cinq Ancêtres. Je suppose que vous êtes les quatre autres », ajouta-t-il en souriant.

« Je n'y comprends rien, grommela le capitaine Silver.

— Il m'arrive la même chose chaque fois que je suis avec Martin, admit Richard. Les bons jours, il est tout juste mystérieux. Le reste du temps, il est carrément incompréhensible. »

Tous deux étaient assis devant la porte du temple. Ils avaient l'impression de se trouver à l'intérieur d'une énorme bouteille en pierre. Autour d'eux, les murs gris s'élevaient jusqu'à une unique ouverture, tout en haut du temple. Il était presque minuit. Le petit morceau de ciel qu'ils entrevoyaient était noir comme du charbon et piqueté d'étoiles. Richard avait cessé d'essayer de comprendre comment ils avaient accédé au temple. Hormis une simple porte en fer percée dans la paroi rocheuse, il n'y avait aucune autre entrée. Et personne d'autre n'était venu. En dehors de Jen et son oncle, debout derrière eux, ils étaient seuls.

« Qu'est-il en train de faire, à votre avis ? demanda Silver.

— Martin ? En train de mijoter quelque chose, j'imagine, répondit Richard en haussant les épaules. En tout cas, les membres du Lotus Blanc semblent s'être rangés de son côté, maintenant. »

Martin apparut juste à ce moment. Il sortit du temple et s'arrêta en souriant devant Jen.

« Je dois te remercier, Jen. Tu es la seule à avoir cru en Will. Il faillit te faire tuer, et pourtant tu l'as défendu.

— Si tu veux me remercier, rends-moi un service.

— Lequel ?

— Emmène-moi avec toi quand tu iras chercher Will.

— Ça risque d'être difficile, dit Martin en s'asseyant entre Richard et Silver. Nous avons peu de temps. Peut-être moins de douze heures.

— Avant quoi ? » demanda Richard.

Martin prit une profonde respiration avant de répondre.

« Will est inconscient. Cela signifie qu'il ne se maîtrise pas. Son pouvoir est hors de contrôle. En ce moment, il est comme une batterie en surcharge, prête à exploser.

— Comment sais-tu tout ça ? s'étonna Jen.

— Parce que, en un sens, je fais partie de lui. Nous cinq, nous formons presque une seule personne. Et je le sens. Il faut que je retourne en

Will, que je le réveille, que je m'arrange pour qu'il reprenne la maîtrise de son pouvoir.

— Mais il est prisonnier ! fit remarquer Richard.

— Je sais. Ils l'ont enfermé dans la Première Banque Mondiale. Pourtant, il faut que je parvienne jusqu'à lui. Le Lotus Blanc va m'aider.

— Comment ?

— A midi, demain, ses membres lanceront une attaque contre la banque. Ils ont une armée, dispersée à travers Hong-Kong, qui se rassemblera. A ce moment-là, je serai à l'intérieur de la banque. Ne me demandez pas comment. Je trouverai un moyen. Avec le Lotus Blanc dehors et moi dedans, ça devrait marcher.

— J'ai vécu pas mal d'aventures à travers le monde, grommela le capitaine Silver. Et j'ai touché à tout. Mais je dois te dire, Martin, que ton plan est le pire de tous ceux que j'ai entendus.

— Je sais, capitaine, admit Martin en soupirant. Vous avez une meilleure idée ?

— Eh bien, à vrai dire... »

Mais le capitaine n'eut pas le temps d'achever sa phrase.

Tout sembla se produire en même temps. Il y eut une explosion. L'une des parois de pierre se déforma, comme dans un film au ralenti, puis s'effondra lentement sur ses bases. Un coup de feu éclata. Quelqu'un cria. Pendant un instant, un nuage de fumée enveloppa toute la scène. Puis, alors que Martin se remettait sur ses pieds, il distingua une douzaine de silhouettes qui traversaient l'écran de fumée.

« Mais que... », commença M. Chan.

Un objet siffla dans l'air et vint brutalement se planter dans sa poitrine. Il poussa un grognement et s'abattit de tout son long sur le sol. Jen poussa un hurlement.

« Ne bougez pas ! » cria Martin.

Richard, Jen et Silver ouvrirent des yeux stupéfaits. Ils étaient cernés, mais seul Martin reconnut les créatures qui étaient parvenues jusqu'au cœur de la Cité Murée. Ce n'étaient pas des humains. Ces créatures ne ressemblaient à rien de ce qui existait sur terre depuis un millier d'années.

C'étaient les Transformeurs. Et Martin savait qu'ils étaient venus le chercher.

16

ATTERRISSAGE

Il fallut environ trente secondes à Richard pour réagir. Mais cela lui parut trente minutes. D'abord, il y avait M. Chan, étendu mort sur le sol, avec une sorte de pieu qui lui transperçait la poitrine et ressortait dans son dos. Puis il y avait Martin, qui tenait Jen et cherchait une issue. Devant eux s'élevait un nuage de fumée à l'endroit où se dressait quelques instants plus tôt un mur en pierre. Enfin, juchés sur les débris et formant un demi-cercle autour du temple, bloquant toute issue...

Qui étaient-ils ?

Martin les appelait les Transformeurs. De forme humaine du cou jusqu'aux pieds, ils avaient des têtes d'alligators avec une longue

gueule pointue et des yeux jaunes très bas de chaque côté. Leur peau était vert sombre et grumeleuse, et une salive grise suintait autour de leurs dents. Chacun brandissait une lance de fer difforme. Leurs gestes n'avaient rien d'humain. Ils titubaient plutôt qu'ils ne marchaient, et leurs corps vacillaient sur leurs pieds comme des serpents qui auraient juste appris à se tenir debout.

Ce fut Silver qui déclencha le mouvement.

« En arrière ! cria-t-il. Dans le temple ! »

Pendant qu'il parlait, une seconde lance fila dans leur direction. Richard plongea et la lance, frôlant son épaule, alla se ficher dans la porte derrière lui. Il entendit le bois éclater et eut un haut-le-cœur en imaginant les ravages qu'elle aurait faits sur lui. Cette pensée décupla son énergie. Il se rua derrière Martin et Jen qui disparaissaient déjà à l'intérieur du temple. L'un des Transformeurs aboya un ordre dans une langue gutturale qui ne ressemblait à rien de connu, et la petite armée s'élança pour le massacre.

Richard s'arrêta une fois à l'intérieur du temple. Silver saisit les deux battants de la porte, les referma, puis il fit pivoter une barre de fer pour la verrouiller. Richard s'adossa contre la porte, les jambes flageolantes.

« Je ne resterais pas adossé là, à votre place, l'avertit Silver.

— Pourquoi ? »

Il se produisit alors un terrible fracas, et la pointe d'une lance perfora le panneau de la porte à deux centimètres de sa tête. Richard fit un bond en avant.

« D'accord, souffla-t-il d'une voix rauque. Inutile de me dire pourquoi. »

De son côté, Martin n'avait pas lâché Jen. Les yeux agrandis par la terreur, elle semblait en état de choc.

« Mon oncle..., gémissait-elle.

— Jen, nous devons trouver une sortie, lui dit Martin d'une voix douce mais pressante. Connais-tu un autre chemin ?

— Où sont les vieillards ? demanda le capitaine alors que, derrière lui, la porte vibrait sous de puissants coups de boutoir. Il nous reste une minute, peut-être deux, ajouta-t-il d'un air sombre en examinant la porte. Si nous sommes acculés ici...

— Il existe un autre chemin, intervint Jen d'une voix lente. Je peux vous l'indiquer. Mais mon oncle...

— Nous devons le laisser, dit Martin.

— Oui. Je vais vous montrer.

— Martin... »

Les quatre Hsiens se tenaient sur le balcon, au-dessus d'eux. D'autres coups ébranlèrent de nouveau la porte, et de la poussière tomba du mur, mais ils parurent à peine le remarquer.

« Il est minuit, dirent les vieillards. Vous avez douze heures. A midi, demain, le Lotus Blanc lancera l'assaut final. Mais attention, Martin. Demain est le jour du dragon. A midi, il atteindra Hong-Kong. Seul Will peut l'arrêter.

— Pourquoi faut-il toujours qu'ils parlent par énigmes ? grogna le capitaine Silver.

— Allez-vous nous accompagner ? cria Martin aux Hsiens.

— Non. La fille vous indiquera le chemin. Nous trouverons le nôtre. »

La porte trembla de nouveau, enveloppée d'un nuage de poussière. Était-ce la poussière, ou bien un phénomène plus étrange et plus magique, mais il sembla à Richard que les Hsiens se volatilisaient. Quand la poussière retomba, le balcon était vide.

« Par ici », dit Jen.

Elle se dirigea vers le fond du temple et poussa une partie du mur qui se déroba sous ses mains. Martin passa le premier, suivi de Richard. Pendant ce temps, le capitaine Silver avait couru écarter le rideau qui masquait l'échelle aux épées.

« J'ai idée que ça pourra nous être utile ! » cria-t-il en détachant l'une des épées.

Derrière lui, la porte du temple s'ouvrit avec fracas. Poussant un rugissement qui ressemblait à un rire, il se précipita à la suite de ses amis dans l'ouverture secrète du mur.

Le passage conduisait dans une zone d'obscurité totale. Silver avança à tâtons. Puis, quelqu'un lui saisit le bras et il se retrouva, clignant des yeux, dans l'un des couloirs de la Cité Murée. Richard marchait devant lui. Silver se retourna pour voir par où il était arrivé, mais il n'aperçut qu'un mur plein. Aucun passage, ni rien qui suggérât l'entrée d'un temple. Il tâta le mur du bout de son épée. Le métal racla la pierre rugueuse.

« Ne me posez pas de questions, lui dit Richard. Je ne comprends pas plus que vous.

— Ne traînons pas », les pressa Martin.

Jen semblait encore choquée, mais elle s'élança dans le labyrinthe de corridors sans hésitation. Martin la suivait, puis Richard, et enfin le capitaine, qui boitillait sur sa jambe de bois et utilisait son épée comme canne.

Ils avaient rencontré peu de gens en allant au temple, mais maintenant la ville s'animait. Des hommes et des femmes couraient dans tous les sens. Des lumières filtraient par les portes ouvertes et éclairaient les allées. Au loin, ils distinguaient des cris, mais tous les sons de la Cité Murée se mêlaient, si bien qu'il était impossible de se repérer.

« Où allons-nous ? » demanda Richard entre ses dents serrées.

Il se serait senti plus à l'aise dans un lieu moins confiné.

Un homme surgit au bout de la ruelle en titubant. Il était blessé : une profonde entaille au-dessus d'un œil laissait échapper une traînée de sang qui dégoulinait jusqu'à son col. C'était un Chinois, petit et mince, qui semblait terrorisé.

En voyant Jen, il leva un bras et dit quelques mots d'une voix aiguë.

Jen voulut s'avancer vers lui, mais Martin la retint.

« Attends, dit-il.

— Qu'y a-t-il ? » s'inquiéta Richard.

Martin tira Jen en arrière. Ils étaient arrivés au niveau d'un passage voûté et d'un escalier qui montait de l'autre côté. Le Chinois continuait d'approcher sans cesser de marmonner.

« Montez, vite ! » cria Martin.

Sans explication, il attira Jen sous la voûte et s'élança dans l'escalier en grimpant les marches quatre à quatre.

« Mais, Martin... », commença Richard.

C'est alors que l'homme se transforma. Sa tête grossit et éclata. Des dents blanches jaillirent. Ses yeux s'ouvrirent et suintèrent. Avec un cri inhumain, il bondit en avant, en brandissant une lance surgie de nulle part. Richard était pétrifié. Alors, le capitaine Silver avança, l'épée levée. La lame frappa la créature en haut du torse et la coupa presque en deux. Elle s'abattit en poussant un hurlement atroce et resta inerte.

« Maintenant, vous comprenez pourquoi on les appelle Transformeurs », dit le capitaine.

Trois autres silhouettes apparurent à un angle et se dirigèrent vers eux. Ces trois-là semblaient aussi inoffensifs que le Chinois blessé, mais Richard n'attendit pas de savoir ce qu'ils voulaient. Martin et Jen avaient déjà filé. Il poussa un juron et s'élança à leur suite sous la voûte.

L'escalier était étroit et glissant, et les marches usées par les milliers de pas qui les avaient piétinées au cours des âges. Richard s'aperçut qu'il les avait machinalement comptées... Arrivé à la vingt-cinquième, il découvrit un corridor identique à celui qu'il venait de quitter, mais ne vit nulle trace de Martin ou de Jen. Avaient-ils continué de monter, ou bien s'étaient-ils engagés dans un couloir ?

Des pas et des cris retentirent. Quelque part, une porte s'ouvrit et une femme hurla. Au-dessus de leurs têtes, des lumières clignotèrent. Il y eut un fracas de verre brisé. Puis un bruit de semelles de cuir sur le ciment. Une troupe marchait en cadence. Silver tendit le bras : un autre groupe de Transformeurs les rattrapait. Cette fois, les Anciens ne couraient aucun risque. Toute la Cité Murée grouillait de leurs créatures...

« Plus haut ! cria Richard. Il n'y a pas d'autre issue. »

Pendant ce temps, Martin et Jen avaient déjà atteint le sommet. L'escalier se terminait par une simple porte. Ils l'ouvrirent et débouchèrent à l'air libre, sur le toit de la Cité Murée. Le toit constituait d'ailleurs une petite cité en soi, encombré de tours miniatures et de bunkers abritant les compteurs électriques et les ventilateurs qui rendaient la vie possible dans les étages inférieurs. Jamais Martin n'avait vu tant d'antennes de télévision. Il y en avait des centaines, dont certaines s'élevaient à cinq ou six mètres, et toutes semblaient aussi vieilles et délabrées que l'immeuble lui-même.

« Il y a un escalier de secours, dans le fond, annonça Jen d'un air curieusement détaché. Nous pouvons redescendre par là. »

Martin s'approcha du bord pour regarder en bas. Un peu plus loin, l'aéroport Kai Tak brillait de mille feux, prêt à accueillir les derniers avions de la soirée. Une rangée de camions était garée dans la rue toute proche de la Cité Murée. Martin devina qu'ils avaient servi à transporter les Transformeurs à travers Hong-Kong. Par chance, tous les véhicules étaient regroupés au même endroit. Cela laissait l'arrière libre. Martin se retourna.

A cet instant, Jen poussa un cri.

L'homme avait surgi de nulle part. Il les dominait de sa haute taille, un large sourire sur le visage. Il était noir, mesurait près de deux mètres et portait un uniforme de chauffeur. Des lunettes à verres réfléchissants masquaient ses yeux. Au fond de lui, Martin sentit qu'il le connaissait, et même un nom, Lloyd, émergea de sa mémoire. Mais l'heure n'était pas aux présentations. Sous leurs yeux, la tête de l'homme se gonfla, se déforma, son uniforme miroita puis disparut. Et là où le géant noir se tenait un instant plus tôt, se dressait maintenant un Transformeur, plus grand que tous les autres. Sa tête se balançait de droite à gauche, et sa langue jaillissait pour cracher vers le ciel.

« Martin ! »

Richard et Silver venaient juste d'arriver. Aussitôt, le capitaine Silver s'avança à grands pas en brandissant son épée. Mais cette fois, la créature était trop rapide pour lui. Un bras gainé d'une armure jaillit et le projeta sur le dos, à côté de Richard, tout étourdi et momentanément hors de combat. La créature avança sur lui d'un pas traînant, tenant dans la main une lance épaisse qu'elle s'apprêtait visiblement à lui planter dans le ventre. Richard chercha désespérément une arme.

« Là ! » cria Silver.

Richard saisit ce qu'on lui tendait. C'était la jambe de bois du capitaine, la jambe complète avec une chaussure au bout. Richard la projeta de toutes ses forces contre la créature, en visant le cou. En fait, il lui toucha l'épaule, un coup assez fort pour l'éjecter contre la rambarde. Mais alors même qu'il reculait, la main du Transformeur jaillit comme un fouet. Richard poussa un cri et vacilla, trois longues entailles ensanglantées sur la gorge.

Et puis le Transformeur aperçut Martin. Enragé par la douleur que venait de lui infliger Richard, il fit un incroyable bond en avant, comme un batracien, un bond immense qui le propulsa en haut de l'une des antennes de télévision, où il se balança, hors d'atteinte et jouissant d'une vue panoramique sur tout le toit. Lentement, il leva sa lance et visa.

Martin regarda autour de lui. Silver gisait sur le dos, immobile. Jen était pétrifiée. Richard, adossé contre un mur, pressait une main sur sa gorge pour empêcher le sang de couler. La lance s'abaissa vers Martin... La créature allait tirer. Martin devinait presque le muscle de son bras qui se tendait. Mais il se trouvait sur un terrain dégagé, sans rien pour se cacher, sans aucun moyen pour éviter la lance. C'était la fin.

Le Transformeur éclata de rire, un rire qui gargouilla dans sa gorge. La lance commença à s'animer. Martin se raidit.

C'est alors qu'une énorme tempête éclata au-dessus de leurs têtes. Une tornade de vent, accompagnée d'un grondement terrible et d'un éclair qui aveugla Martin. Il fut projeté à terre, sans savoir si c'était par le vent, le tonnerre ou l'éclair. Peut-être les trois à la fois. Il crut entendre un claquement, mais le vacarme l'empêchait même de distinguer sa propre voix.

Il eut l'impression que ses tympans allaient exploser. Le vent lui giflait violemment le visage. Et puis tout s'arrêta, aussi vite que cela avait commencé.

Martin leva les yeux. Il était toujours vivant. la lance n'était pas partie. Il chercha le Transformeur. Alors, il comprit.

Un avion qui atterrissait à Kai Tak était passé juste au-dessus de leurs têtes, frôlant le toit. C'était l'énorme train d'atterrissage d'un 747 que Martin avait entrevu. Mais le Transformeur, perché sur son antenne plusieurs mètres au-dessus du toit, avait eu moins de chance que lui.

La roue de l'avion l'avait proprement décapité. Sa tête avait valsé comme une noix de coco dans un stand de fête foraine, et disparu dans la nuit. Quant au corps, il avait retrouvé son uniforme de chauffeur et gisait sur le sol. Martin déglutit avec difficulté. Sauvé par le gong ! Mais jamais il n'avait vu un spectacle si répugnant de sa vie.

« Ma jambe, s'il vous plaît », dit le capitaine Silver en tendant la main.

Richard la lui rendit.

« Ne traînons pas ici, dit Martin en s'approchant de Richard. Tu vas bien ?

— Je survivrai.

— Et toi, Jen ? demanda Martin en se tournant vers la jeune fille.

— Je veux partir d'ici.

— Où est l'échelle d'incendie ? »

Jen les mena à travers le toit jusqu'à une échelle métallique grinçante qui conduisait jusque dans la rue en dessous. Ils descendirent aussi discrètement que possible. La police avait encerclé la Cité Murée, mais cette rue, sans portes ni fenêtres, restait sans surveillance.

Une voiture stationnait près du pied de l'échelle, une Mercedes grise. Il fallut cinq secondes au capitaine Silver pour évaluer leurs chances, et cinq autres secondes pour casser une vitre et monter dans la voiture.

« Nous n'allons pas sortir d'ici à pied, mais en voiture », grogna-t-il en dégageant les fils du démarreur pour mettre le contact.

Ce fut Jen qui fit la découverte. Une mallette posée sur le siège arrière, ornée des initiales E.M. C'était la voiture de Lloyd, et la mallette appartenait à Erica Mortiss. Tandis que la Mercedes s'éloignait de la Cité Murée, avec Martin caché entre les sièges, Jen ouvrit la mallette et feuilleta les papiers rangés à l'intérieur. L'un d'eux était un memorandum rédigé par Mortimer Mortiss. Jen le tendit à Martin.

« Où allons-nous, maintenant? demanda Richard.

— Je dois retrouver Will, répondit Martin qui avait aussitôt pris sa décision en lisant la note. Arrêtez la voiture, capitaine. »

Le capitaine ralentit et stoppa. Ils se trouvaient à environ deux kilomètres de la Cité Murée, en direction de Kowloon. Martin plia la feuille de papier et la rangea dans sa poche.

« Quand nous nous sommes rencontrés, vous m'avez dit avoir accompli des choses très dangereuses, n'est-ce pas, capitaine ? Et notamment, que vous aviez posé un hélicoptère dans un champ de mines.

— C'est exact, répondit Silver.

— Donc, vous savez piloter ?

— Oui.

— Parfait. »

D'une voix calme et précise, Martin exposa son plan. Silver hocha la tête mais ne dit rien. Seul Richard parut horrifié.

« Tu ne peux pas faire ça ! s'écria-t-il.

— Pourquoi pas ?

— Parce qu'ils vont te tuer.

— Je ne crois pas. Vois-tu, il y a une chose qui leur reste inconnue. Will. Le pouvoir de Will. Si je peux le rejoindre à temps, il nous reste une chance.

— Et sinon ?

— Je vous retrouve à douze heures, dit Martin. Midi juste. »

Il sortit de la voiture et referma la porte derrière lui. Puis, lentement, il s'enfonça dans la nuit.

17

WISDOM COURT

Martin grimpa l'allée jusqu'à l'immeuble moderne qui dominait Hong-Kong. Il était plus d'une heure du matin, et aucune lumière ne filtrait derrière les fenêtres. Un gardien était assis dans une guérite à côté de l'entrée principale, la tête nichée dans ses bras croisés devant lui, profondément endormi. La grille était verrouillée mais, à l'approche de Martin, elle se mit à vibrer, comme animée par une onde d'énergie invisible. Il y eut un bourdonnement, le système de fermeture électrique se court-circuita et la porte s'ouvrit. Martin la franchit, salué par les ronflements du gardien.

Martin avait trouvé l'adresse d'Edward Tyler dans l'annuaire téléphonique. Un taxi l'avait conduit de Kowloon au centre en passant par le tunnel, puis en haut de la colline. Le chauffeur l'avait reconnu, Martin en était certain. Mais l'homme avait eu trop peur pour refuser de le prendre, et tant mieux s'il allait maintenant tout raconter à la Première Banque Mondiale. Martin avait perdu trop de temps à fuir. Il lui fallait retrouver Will.

Il dépassa les courts de tennis déserts et suivit l'allée jusqu'au bloc A. Rien ne bougeait dans l'enceinte, et le seul bruit provenait d'un tuyau d'arrosage qui diffusait une pluie fine sur les pelouses. Martin atteignit la porte et examina le panneau des sonnettes. A-02. Il forma le numéro qui alluma un voyant, puis pressa le bouton d'appel. Quelque part dans l'immeuble, une sonnerie résonna. Martin patienta, imaginant l'homme qu'il venait voir en train de se réveiller, de vérifier l'heure, de sortir de son lit. Il y eut un long silence, puis un grésillement et une voix faible se fit entendre dans l'interphone.

« Oui ?

— Monsieur Tyler ?

— Oui. Qui êtes-vous ?

— Mon nom est Martin Hopkins. Je suis un ami de Will. »

Silence. L'interphone grésilla, interrogatif.

« Martin Hopkins, dites-vous ?

— Oui.

— Montez. J'habite au deuxième étage. »

Un déclic se produisit et la porte s'ouvrit de l'intérieur. Martin la poussa et traversa le vestibule obscur jusqu'à l'ascenseur. Toutes les machineries semblaient impatientes de le satisfaire. La cabine arriva avec un léger chuintement avant même qu'il eût pressé le bouton, les portes s'ouvrirent et la rampe de néon s'éclaira. Martin entra dans l'ascenseur. Les portes se refermèrent et son estomac se tassa pendant la montée.

Sur le palier du deuxième étage, il y avait trois portes. Martin patienta une minute avant que l'une d'elles ne s'ouvrît. Une silhouette s'encadra sur le seuil.

« Entrez », dit une voix.

Martin traversa un vestibule et se retrouva dans le salon d'Edward Tyler. Derrière lui, le Trésorier de la Première Banque Mondiale referma la porte à clef. Ce déclic avait quelque chose de définitif. Mais il était trop tard pour s'en inquiéter. Martin s'était engagé pour le meilleur et pour le pire. Il ne pouvait plus reculer.

Edward Tyler se déplaça dans la lumière. Il n'était pas rasé, ses cheveux étaient ébouriffés, il portait un pyjama et un peignoir, pourtant Martin eut la certitude qu'il ne dormait pas lorsqu'il avait sonné. C'était un homme mince, ayant largement dépassé la cinquantaine, tout à fait le genre d'homme à faire carrière dans la banque. Le matin, pour se rendre à son bureau, il devait porter un costume rayé et un parapluie. Il appelait sans doute ses amis par leur nom : Smith ou Jones, mais ses clients avaient droit à monsieur Smith ou monsieur Jones. C'était un homme riche, arrivé, confiant, mais qui, en ce moment, tremblait de peur. Son haleine empestait le cognac.

« Désolé de vous avoir fait attendre, commença-t-il. Je... »

Son regard s'échappa une fraction de seconde vers le téléphone posé sur le bureau, près de la fenêtre. Ainsi donc, il *les* avait appelés. Combien de temps mettraient-*ils* à arriver ?

« ...Je travaillais, termina le banquier d'une voix faible.

— Je suis venu chercher Will, dit Martin.

— Il n'est pas là, malheureusement. A vrai dire je... je trouve assez curieux de recevoir la visite d'un garçon de votre âge au beau milieu de la nuit. Êtes-vous seul à Hong-Kong ?

— Je suis seul pour le moment.

— Et vous êtes venu voir Will ? A une heure du matin ?

— Je suis venu vous voir vous, monsieur Tyler.

— Moi ? »

Edward Tyler semblait nerveux. Martin s'était tranquillement assis sur l'un des canapés moelleux de l'immense salon, alors que le banquier arpentait la pièce de long en large, incapable de rester en place.

« Puis-je vous offrir à boire ? proposa-t-il soudain.

— Si vous avez du Coca Cola.

— Je vais voir. »

Pendant qu'Edward Tyler disparaissait dans la cuisine, Martin se leva pour aller regarder par la fenêtre. Il découvrit la même vue que Will, le premier soir de son arrivée. Martin savait exactement ce qu'il avait ressenti. Il pouvait indiquer l'endroit précis où il s'était tenu.

« Et voilà ! » annonça Edward Tyler en revenant dans la pièce avec un Coca pour Martin et un verre de cognac pour lui.

Il avait déjà beaucoup bu. Cela se remarquait à la façon dont il serrait son verre pour le porter à ses lèvres. Il ne buvait pas par plaisir, mais pour s'abrutir.

« Je crains de ne pas pouvoir vous aider, dit Edward Tyler.

— Oh ! si, vous pouvez, soupira Martin qui commençait à se sentir fatigué. Vous les avez prévenus que je suis là ?

— Pardon ? sursauta le banquier en feignant ne pas comprendre.

— Inutile de jouer, monsieur Tyler, dit Martin. Je sais qui vous êtes. Je suis au courant, pour Will, et je sais ce que vous avez fait.

— Ah !... »

Tyler baissa son verre et se dirigea vers la porte. Son regard s'était brusquement durci.

« La porte est verrouillée », dit-il en plongeant la main dans la poche de son peignoir.

Il en ressortit un petit revolver. Martin eut presque envie de rire. Il aurait dû s'y attendre. Mais même armé, l'homme semblait un peu ridicule.

« Je sais que vous possédez certains pouvoirs, ajouta Tyler. Mais si vous bougez, je tire.

— Je ne compte aller nulle part, le rassura Martin. Je vous le répète, c'est vous que je suis venu voir. »

Il but une gorgée de Coca Cola et s'assit sur l'accoudoir du canapé en cuir. Edward Tyler resta où il était, le dos à la porte. La pièce était seulement éclairée par une lampe de bureau qui projetait des ombres allongées sur la moquette.

« Comment les choses ont-elles commencé ? reprit Martin. Comment avez-vous été enrôlé par les Anciens ?

— Pourquoi devrais-je vous répondre ?

— Pourquoi pas ? Il leur faut un petit moment avant d'arriver jusqu'ici, et je suis curieux.

— Très bien. »

Le Trésorier jeta un regard soupçonneux à Martin, mais il finit par s'éloigner de la porte. Sans lâcher son revolver, il reprit son verre et avala une longue gorgée.

« Vous ne comprendrez pas.

— Essayez toujours.

— Je tournais en rond, commença Edward

Tyler avec un sourire amer. Vingt ans dans le même poste ! Et à quoi cela m'avait-il avancé ? Pas de famille. Je ne pouvais pas avoir d'enfant, vous comprenez.

— Désolé.

— Vraiment ? Ma femme ne l'était pas, elle. Elle m'a quitté. Tout simplement. Et, bien sûr, il y avait Will. C'était son idée à elle. Il ne s'est jamais soucié de moi. Il n'a jamais été proche de moi...

— C'est faux, le coupa Martin.

— Comment le savez-vous ? Vous ne l'avez jamais rencontré.

— Je ne l'ai jamais rencontré, mais je le connais mieux que vous.

— Will n'est rien pour moi », dit Edward Tyler en frissonnant.

Il but une autre gorgée de cognac et Martin lut de la peine dans ses yeux.

« La Première Banque Mondiale... ils m'ont trouvé. Ils m'ont expliqué ce qui allait arriver, et comment je pouvais y prendre part.

— C'était ce que vous vouliez ? demanda Martin.

— Vous ne pouvez pas comprendre, soupira Edward Tyler. Dans votre génération, vous vous fichez de ce qui se passe dans le monde. Moi, j'ai vu ce monde devenir de plus en plus sale, bruyant, désordonné. J'ai vu le crime et la violence envahir les rues et les terrains de football. Des bêtes ! Désormais, il n'y a plus ni lois ni ordre. Rien.

— Et vous pensez que les Anciens... ?

— Ils ramèneront l'ordre, la discipline. Les anciennes valeurs. Bien sûr, ce ne sera pas facile. Les gens se révolteront. Mais vous voyez, Martin, je suis réaliste. Les Anciens écraseront ce monde pourri pour en créer un nouveau. Et ceux qui les auront aidés, ceux qui auront combattu à leurs côtés, ceux-là hériteront du pouvoir !

— Et Will ? demanda Martin. Et moi ? Que ferez-vous des gens qui ne veulent pas de vos "anciennes valeurs" ?

— Vous avez choisi. Vous auriez pu être des nôtres.

— Est-ce que Will a eu le choix ?

— J'ai sauvé Will ! Ne le comprenez-vous donc pas ? s'exclama Edward Tyler en se versant un autre verre de cognac, sans pour autant quitter Martin des yeux. Tout cela, je l'ai fait pour Will. Je vais devenir un personnage qu'il pourra admirer. Je vais devenir un véritable père. Sans moi, croyez-vous qu'ils l'auraient laissé en vie ? Vous vouliez vous servir de lui. Vous vouliez qu'il se joigne à votre combat sans espoir. Mais je l'ai sauvé ! Et un jour il me remerciera. »

Edward Tyler se tut. Martin hocha tristement la tête.

« Vous vous trompez complètement, monsieur Tyler.

— Ah, vraiment ? insista le banquier.

— Vous croyez sincèrement que les Anciens

vont vous remercier pour ce que vous avez fait ? demanda Martin avec un sourire las. Pourquoi vous ont-ils contacté, à votre avis ? Ils vous ont choisi uniquement pour pouvoir atteindre Will, et quand ils en auront fini avec lui, ils vous tueront. Mais vous le savez déjà, n'est-ce pas ? Vous buvez pour essayer de l'oublier.

— C'est ridicule.

— Je peux vous le prouver si vous avez besoin d'une preuve. Mais d'abord répondez-moi. Quand avez-vous vu Will pour la dernière fois ?

— C'était... »

Edward Tyler s'était mis à transpirer. Il porta le verre à ses lèvres, mais il était déjà vide.

« C'était le jour où ils l'ont capturé, n'est-ce pas ? Où est-il maintenant ? Est-il vivant ? Avez-vous essayé de le voir depuis lors ?

— Je vais le voir, ils me l'ont promis.

— Quand ?

— Bientôt.

— Bientôt quand ?

— Ça suffit ! » cria Edward Tyler.

Et en criant, il agita son arme comme s'il voulait chasser Martin de sa vue. Le canon du revolver heurta la bouteille qui tomba et se brisa sur la table. Le cognac se répandit au milieu des éclats de verre et s'égoutta sur la moquette. Tyler se leva. Il transpirait abondamment.

« Vous dites que vous avez une preuve ? », murmura-t-il.

Martin plongea la main dans la poche de son anorak. Les doigts de Tyler se crispèrent sur son revolver, puis se détendirent quand il vit Martin sortir une simple feuille de papier.

« J'ai trouvé ça dans une voiture, lui dit Martin. Une Mercedes grise qui, je crois, appartient à la banque. Ça devrait vous intéresser... »

Edward Tyler déplia le papier pour le lire, tout en jetant par instants des coups d'œil à Martin afin de s'assurer qu'il ne bougeait pas. Mais en arrivant au bas de la page, il avait presque oublié son existence.

... Pas de changement dans l'état de Will Tyler. Il n'a ni mangé ni bu depuis deux jours. On a essayé de le nourrir de force. Le garçon ne doit pas mourir avant la capture de Martin Hopkins. Ensuite il sera éliminé.

« Où avez-vous pris ça ?

— Je viens de vous le dire », répondit Martin.

Le Trésorier sembla se tasser sur lui-même. Son visage prit une teinte grisâtre. Il chercha la bouteille de cognac, se rappela qu'elle était cassée et ferma les yeux. Son revolver pendait au bout de son bras, pointé vers le sol.

« Qu'ai-je fait ? murmura-t-il enfin. Qu'ai-je fait ? »

Les phares d'une voiture qui montait la colline balayèrent la fenêtre. Martin comprit qu'il ne lui restait plus que quelques minutes.

« Je suis venu pour délivrer Will, dit-il. Je peux encore le faire, mais j'ai besoin de votre aide.

— Comment ? Que puis-je faire ? murmura Tyler d'un air hébété.

— Vous savez où il se trouve ?

— Quelque part dans la banque. Je ne sais pas...

— Trouvez-nous, Will et moi. Et rejoignez-nous avant midi, demain.

— Pourquoi ? Que va-t-il se passer ? »

Sur le palier, on entendit les portes de l'ascenseur se refermer. Quelqu'un l'appelait d'en bas. Ils allaient arriver.

« Écoutez, reprit Martin. Il y a encore une chose qu'ils ne savent pas. Je peux m'en servir. Mais j'ai besoin de votre aide. Vous devrez nous faire sortir... »

L'ascenseur venait de remonter au deuxième étage. Martin entendit le grincement du câble. Très vite, il déchira le papier en menus morceaux qu'il éparpilla dans la corbeille. Puis il souleva la main d'Edward Tyler pour braquer le revolver sur lui.

« Allons ! C'est vous qui venez de m'arrêter. Jouez le jeu ! »

La porte s'ouvrit brutalement.

Mortimer et Erica Mortiss s'engouffrèrent dans la pièce. Il portait un costume de soirée, et elle un manteau de vison noir qui tombait jusqu'au sol. Martin recula, les mains levées, le revolver d'Edward Tyler pointé sur lui.

« Martin Hopkins ! s'exclama Erica Mortiss

avec un sourire carnassier. Nous le tenons ! Enfin, nous le tenons !

— Quel plaisir de vous rencontrer ! grimaça Mortimer Mortiss. Ma femme et moi brûlions d'impatience.

— Il est venu me voir, intervint Edward Tyler. Il espérait que je l'aiderais à trouver Will. »

Mais les Mortiss ne lui prêtèrent aucune attention. Ils fixaient Martin comme s'ils ne pouvaient croire qu'un garçon de son âge pût être la cause de tant d'ennuis. Erica s'approcha de lui la première. Elle tendit la main et glissa un doigt le long de sa joue jusqu'à son menton.

« Oui, ma douce, dit Mortimer. Tu peux. »

Avant que Martin ait pu réagir, le doigt était devenu un poing. Il s'éleva et le frappa sur le côté de la tête, juste au-dessus de l'œil. Le garçon s'effondra.

« Merci, mon amour », roucoula Erica à l'adresse de son mari.

Quatre hommes apparurent à la porte. Elle poussa du bout de son pied le corps inerte de Martin.

« Emportez-le ! » ordonna-t-elle.

Erica recula pour laisser les hommes traîner Martin sur la moquette. Mortimer lui offrit son bras et, après un dernier sourire glacial, le mari et la femme quittèrent la pièce.

18

SIGNAL DIX

Ils étaient venus chercher Martin dans une camionnette blindée, avec des vitres grillagées et de lourdes portes. Tandis qu'ils le transportaient, à demi inconscient, dans l'allée de Wisdom Court, Martin réalisa que déjà le vent s'était levé. Il les bousculait par de courtes et violentes rafales, giflait les vitres et faisait ployer les arbres. Erica Mortiss s'arrêta sur le seuil de la porte. Sa fourrure se gonflait autour d'elle comme si l'animal à qui on l'avait prise était soudain revenu à la vie. Erica protégea ses yeux d'une main, puis laissa son mari l'escorter jusqu'à la voiture qui attendait. Martin fut jeté à l'arrière de la camionnette. Les quatre hommes montèrent devant et le petit convoi démarra.

Ils roulèrent dans les artères de Hong-Kong, vides et silencieuses à cette heure de la nuit. Dans le ciel, les nuages s'étaient amassés et tourbillonnaient comme un océan épais et noir. Des éclairs sillonnaient par instants l'obscurité. Au loin, le tonnerre leur répondait par un grondement.

Seul, Martin savait ce qui se passait. Le processus s'était mis en marche. Le dragon approchait.

Vingt minutes plus tard, ils atteignirent la Première Banque Mondiale. Il avait commencé à pleuvoir, un crachin très fin. Mais lorsque les portes du gratte-ciel se refermèrent derrière lui, Martin entendit une deuxième semonce du tonnerre, plus forte et plus proche. A l'intérieur de l'immeuble, il faisait froid comme dans une tombe. Il regarda autour de lui tandis qu'on le traînait sur le sol de marbre. Des piliers, des rangées et des rangées de fenêtres vides. Oui, c'était bien cela. Une tombe. La Première Banque Mondiale était un monument funéraire.

Un gardien leur appela l'ascenseur, et Martin fut emmené au vingt-neuvième étage, dans un couloir menant à la « Salle des Coffres ». Le mot ne pouvait être plus approprié. Ils franchirent trois portes, chacune dotée d'un système d'ouverture électronique. Des caméras vidéo fixées en haut des murs suivaient leur progression. Après les portes se trouvait une sorte de cage. Habituellement utilisée pour les lingots d'or, celle-ci avait été facile à transformer en prison.

Will était étendu sur une banquette à l'intérieur de la cage, couvert d'un simple drap. D'abord, Martin le crut mort. Il avait les yeux fermés, le teint pâle. Inerte. Puis il vit le léger gonflement régulier de sa poitrine et comprit qu'il n'était qu'endormi. A l'exception de son bras gauche, dépassant du drap, qui était bandé, Will semblait sain et sauf.

L'un des gardes ouvrit la cage et poussa Martin à l'intérieur. En croisant fugitivement son regard, Martin se demanda si c'était un Transformeur. Aucun des hommes n'avait prononcé un mot. Sans doute n'étaient-ils même pas des hommes. La porte se referma avec un déclic. Erica Mortiss s'avança pour observer Martin à travers les barreaux.

« Le voilà enfin, ton Will, mon cher Martin ! Tu es venu de loin pour le voir, n'est-ce pas ? Un voyage inutile, je le crains. Mortimer ? ajouta-t-elle en se tournant vers son mari, qui se tenait juste derrière elle, les yeux fixés sur sa nuque.

— Oui, ma douce ?

— Tu m'as promis que je pourrais m'occuper du jeune Tyler, n'est-ce pas ?

— Bien sûr, ma chérie. »

Mortimer avait décidé d'étrangler Erica. Il opérerait juste avant l'arrivée des Anciens, de façon à recevoir seul leurs récompenses.

« Je me chargerai de lui demain », annonça Erica en tapotant le bras de son époux.

De son côté, elle projetait de noyer Mortimer. Il avait toujours eu horreur des bateaux. C'était le moyen idéal. Et quand les Anciens viendraient, elle serait seule pour les accueillir.

« Au lit, murmura Mortimer.

— D'accord, allons dormir », acquiesça Erica.

Ils s'éloignèrent, suivis des quatre gardes du corps. Les portes se refermèrent et Martin resta seul avec Will dans une pénombre bleutée, sous la surveillance d'une caméra vidéo fixée au plafond au-dessus de la cage, hors d'atteinte.

Le dragon se rapprochait de Hong-Kong.

Personne ne s'en était aperçu. Au début, ce n'était qu'un mince front d'air chaud s'élevant dans le ciel. Même lorsque les immenses colonnes de nuages avaient commencé à se masser autour et les satellites de la météo à retransmettre les premières images du détroit de Luzon, personne ne s'était vraiment inquiété. Il se trouvait à six cents kilomètres et se consumerait tout seul.

Mais le dragon ne s'était pas consumé.

Le dragon avait été réveillé, et il obéirait à l'appel. A sept heures, ce matin-là, il bifurqua subitement vers l'est pour se diriger droit sur Hong-Kong, à une vitesse folle. A sept heures trente, quand Erica Mortiss décrocha son téléphone pour déclencher le processus qui ramènerait les Anciens sur terre, elle s'aperçut que la ligne était coupée. Des vents très violents avaient abattu les poteaux téléphoniques. Hong-Kong avait donné l'alerte, mais les choses allaient trop vite. Personne n'était prêt.

Le dragon était un typhon.

Tai Fung.

Ces deux mots signifiaient « vent fort », mais c'était au-dessous de la réalité. Les typhons peuvent provoquer des vents de trois cents kilomètres-heure. Les typhons génèrent autant d'énergie en une seconde que dix bombes atomiques, et tuent non pas des centaines, mais des milliers de personnes, causant des millions de dommages matériels. Les Chinois appellent le typhon le « souffle du dragon », comme s'il était déchaîné par quelque monstre inconnu vivant au fond des mers.

A sept heures trente, Erica Mortiss martela rageusement du poing son téléphone et hurla de fureur contre les hurlements du vent et de la tempête qui approchait, tandis que les services de la météorologie de Macao mettaient en place le premier des dix signaux d'alarme.

Ces « Signaux » prenaient la forme de balises en osier de différentes formes et de lumières colorées. Le premier avertissement était le « Signal Un ». Des balises en forme de champignons apparurent à tous les coins de rue, et trois lumières blanches clignotèrent sur les stations de la météo et les bâtiments officiels. Cela signifiait que le typhon était assez proche pour causer des dégâts à Macao et à Hong-Kong. Il fut presque immédiatement suivi par le Signal Trois, qui conseillait à tout le monde de demeurer chez soi. On ferma les bureaux. Les bus et les tramways restèrent dans les dépôts. On protégea portes et fenêtres.

A dix heures, les spécialistes de la météo indiquèrent que le typhon semblait s'écarter de Hong-Kong. La population poussa un soupir de soulagement car, à ce moment-là, le Signal Huit avait déjà été annoncé par des balises triangulaires et deux lumières vertes, et on craignait le pire. Les gens restèrent avec leur famille, attendant et priant leurs dieux domestiques.

Mais il n'y avait aucun dieu à Hong-Kong. A dix heures vingt, au moment précis où Will Tyler ouvrit les yeux et découvrit Martin Hopkins, le typhon avait de nouveau infléchi sa course et se ruait sur Hong-Kong avec un acharnement inouï. Le Signal Dix, une balise en forme de croix avec deux lumières rouges avec une verte, venait à peine d'apparaître, lorsqu'il déferla.

Will ouvrit les yeux.

La caméra vidéo le surveillait derrière les barreaux, au-dessus de lui. Il tenta de se redresser, mais il était trop faible pour bouger. Il avait la bouche sèche et son bras le faisait souffrir comme s'il était serré dans un étau. Il essaya de deviner où il était et de rassembler ses souvenirs. Lentement, la mémoire lui revint. Son père. Jen. La gare maritime. Une nausée lui souleva l'estomac, mais il n'avait rien à vomir.

« Will ? »

Il leva les yeux et aperçut le garçon debout près de la porte. Blond, des yeux bruns. Sans l'avoir jamais rencontré, Will le reconnut aussitôt, et sa présence le rendit à la fois heureux et triste.

« Tu es Martin », dit-il d'une voix faible et cassée qui le surprit lui-même.

Il se redressa sur un coude et écarta le drap.

« Comment es-tu arrivé jusqu'ici ?

— Erica Mortiss, répondit Martin. Comment te sens-tu ?

— Mal en point.

— Ça se voit. »

Will regarda autour de lui. Hormis la banquette sur laquelle il était allongé, la cage était vide, et le sol n'était qu'une simple plaque de métal poli.

« Où sommes-nous ? questionna-t-il.

— Dans la banque. Au vingt-neuvième étage.

— Quel est ce bruit ? »

Depuis qu'il était réveillé, il entendait une sorte de hurlement, comme si une meute de loups rôdait dans les parages.

« C'est le vent, expliqua Martin. Tu peux te lever ?

— Je vais essayer. »

Will se souleva de quelques centimètres, mais retomba aussitôt. Il n'avait plus aucune force. Le désespoir l'envahit. Martin Hopkins avait traversé le monde pour le retrouver, et voilà qu'il était prisonnier. Tout ça pour rien. Le cercle était brisé. Tous deux allaient mourir.

« Tu n'aurais pas dû venir, Martin.

— Il le fallait.

— Pourquoi ? Que peux-tu faire ?

— J'ai réussi à te réveiller. C'est un début. »

Will était étonné. Malgré tout, Martin paraissait presque enjoué.

« Je dors depuis quand ?

— Je ne sais pas. Trois, quatre jours. Mais tu ne dormais pas. Pas véritablement.

— Quatre jours ? »

Will se renversa sur sa couchette, étourdi. Dehors, le hurlement continuait. Quelque chose se fracassa contre la façade, et toute la structure du bâtiment vibra. Non. C'était impossible. Ce devait être une hallucination. Il venait d'émerger du coma et son esprit lui jouait des tours. Trois ou quatre jours ?

« C'est ton pouvoir, Will, lui expliqua Martin. Il agit comme une sorte de cocon. Il m'est arrivé la même chose, il y a longtemps. Tu en as trop subi. Alors, tu t'es échappé pour te reposer. Mais maintenant, tu es revenu à toi. Et tu as changé. Ton pouvoir est plus fort qu'il ne l'a jamais été. Est-ce que tu le sens ? C'est ton pouvoir qui va nous sortir d'ici.

— Quel pouvoir ? Comment ? »

Martin prit une profonde inspiration.

« Will, sais-tu ce qui se passe en ce moment à Hong-Kong ?

— Non.

— Écoute bien ! »

Will écouta. Le hurlement était plus fort que jamais. Il essaya d'imaginer ce que cela pouvait donner à l'extérieur. Car le bruit lui parvenait à travers quatre, cinq, peut-être même six murs. Dehors, ce devait être assourdissant.

« Est-ce vraiment le vent ? demanda Will. On dirait une sorte d'animal. C'est horrible.

— C'est bien un animal, acquiesça Martin. Un dragon. Tu l'as appelé. Il est venu.

— Moi ? s'écria Will en fermant très fort les yeux pour essayer de retrouver un peu de sérénité. Mais non ! C'est impossible.

— Si, Will, insista calmement Martin, du ton

d'un adulte s'adressant à un enfant. Les Anciens pensent que tu as le pouvoir de prédire le temps. C'est ce que ton père a toujours cru, et ce que toi-même tu croyais. Mais vous vous trompiez. Je l'ai su dès que j'ai pénétré dans tes rêves, et c'est pourquoi je me suis laissé emprisonner ici. Je devais te rejoindre, te convaincre. Tu ne *prédis* pas le temps, Will, tu le *fais.* C'est ça ton pouvoir. Ne dis rien ! Réfléchis. Tu verras que j'ai raison. »

Will fit ce que Martin lui disait. Il se sentit glisser dans un tourbillon où rien n'avait de sens, mais il se força à revenir en arrière. Était-ce possible ? En était-il capable ? Faire la pluie et le beau temps, cela semblait incroyable.

Pourtant, c'était vrai. Le jour où il s'était rendu au Pic, il lui avait fallu une couverture, une diversion, et il avait souhaité la pluie. Or, il avait plu. Une pluie soudaine, violente, qui avait semblé tomber de nulle part. Sur l'instant il avait compris. Maintenant, il s'en souvenait. Cette averse était venue de lui. Et puis une deuxième expérience, sur la jonque, avec Jen.

« J'aimerais que la lune brille », avait dit Jen. Et sans effort il avait déplacé les nuages. Il lui avait donné la lune.

Et pour finir, cette histoire de famille, cent fois racontée par Jane et Edward Tyler avant leur séparation. Will avait été abandonné dans un panier devant un orphelinat, un soir qu'il pleuvait à verse. Or on l'avait découvert parfaitement sec. Était-il déjà en mesure d'écarter les gouttes d'eau ?

Et maintenant...

« Je l'ai appelé, murmura-t-il en reprenant les paroles de Martin.

— Tu as créé un typhon, dit Martin. Mais tu l'as invoqué sans même t'en rendre compte. Ce sont les Anciens, Erica Mortiss, ton père, qui sont responsables, à cause de ce qu'ils t'ont fait. Mais tu dois l'arrêter, Will. Le typhon a déjà commencé à détruire Hong-Kong. Tu as réveillé le dragon, maintenant tu dois trouver la force de le renvoyer. »

Hong-Kong était un jouet au milieu du typhon.

Les gratte-ciel résistaient, mais les boutiques, les volets, les auvents, les portes étaient arrachés et projetés dans les rues. Les rares arbres de la ville, déracinés et transformés en pilons volants, s'encastraient dans les fenêtres ou les voitures vides avec une telle force que le bois et le métal semblaient fondus ensemble. Des détritus tourbillonnaient sur les trottoirs, suivis par les poubelles censées les contenir. Des éclats mortels de verre cassé tombaient en cascade des fenêtres. Des panneaux et des feux de circulation jonchaient la chaussée, tordus

de façon grotesque. Tout ce qui auparavant paraissait solide et éternel était maintenant broyé ou déchiqueté comme du papier.

Et il pleuvait. Il pleuvait depuis une heure, une pluie si forte et dense qu'elle tombait non pas en gouttes, mais en un torrent continu. La pluie fouettait la ville, cinglait les gratte-ciel, transformait les rues en rivières furieuses. Les égouts ne pouvaient plus absorber toute cette eau, qui dévalait maintenant les trottoirs et charriait les voitures abandonnées, carcasses d'une espèce en voie de disparition.

Les seules personnes restées dehors étaient mortes, noyées par la pluie, déchiquetées par les débris de verre ou de ferraille, écrasées par des éboulis. Certains avaient péri pendant qu'ils couraient se mettre à l'abri, d'autres en allant secourir des gens surpris par la tempête. Certains étaient des pillards qui voulaient dévaliser les boutiques éventrées, voler les montres ou les caméras dont ils rêvaient depuis toujours. Le typhon n'avait aucune pitié. Le typhon avait un cœur de dragon.

Ses hurlements emplissaient Hong-Kong. Car avec la pluie était venu le vent, qui martelait, fouettait, déchirait tout sur son passage de ses doigts invisibles. Le vent s'emparait de tout ce qu'il trouvait, et les objets les plus insolites rebondissaient et volaient à travers la ville, comme les trophées d'un jeu télévisé cauchemardesque. Des téléviseurs, des pousse-pousse, des landaus, des tonneaux, des caisses, des tables, des chaises, des abat-jour défilaient à la queue leu leu dans les rues, propulsés par la tempête. Mais le vacarme était encore la pire chose. A la fois assourdissant et joyeux, ce n'était pas seulement un hurlement qui accompagnait le désastre, mais un rire démoniaque.

A l'aéroport Kai Tak, Richard Cole observa un avion qui commençait à rouler sur la piste. Il n'y avait ni passagers, ni pilote à bord. Il n'allait nulle part. Mais le vent s'était emparé de lui et, l'espace d'un instant, l'avion parut sur le point d'effectuer un décollage en règle. Puis il se mit à trembler et se coucha sur le flanc. Une aile se brisa et tournoya au loin. Le reste du fuselage se rompit en deux morceaux.

Richard était accroupi à l'intérieur d'un hangar, à l'extrémité de la piste, à côté de Jen. Les parois en tôle ondulée vibraient, grinçaient, tapaient tout autour de lui, et un panneau entier s'était envolé, ce qui lui avait permis de voir l'avion se désintégrer. Jusque-là, pourtant, le hangar avait résisté aux assauts du vent et de la pluie. Or ce hangar abritait l'hélicoptère.

Le capitaine Silver était en train de vérifier le cockpit et de se familiariser avec les instruments de bord. L'hélicoptère, flambant neuf, portait la marque et le logo de la Première Banque Mondiale. Deux gardiens gisaient dans un coin, inconscients.

Entrer dans l'aéroport n'avait présenté aucune difficulté. La moitié de la clôture d'enceinte avait été arrachée et les policiers étaient trop occupés à se sauver eux-mêmes pour se soucier des intrus. Pourtant, ils avaient failli ne pas parvenir jusqu'aux hangars. Avec le vent qui menaçait de les soulever de terre à chaque pas, tous trois s'étaient frayé un chemin sur le tarmac en marchant en crabe, accrochés les uns aux autres, Jen au milieu. Par deux fois, ils avaient évité de justesse des morceaux de bois et de métal. Une hélice, arrachée à un vénérable avion, avait manqué Richard de peu. Un débris avait heurté Jen, manquant de lui casser la jambe. Les deux hommes avaient dû la porter pendant les derniers mètres.

Toutefois, ils étaient arrivés à bon port. Les deux hommes qui gardaient l'hélicoptère venaient juste de se congratuler d'avoir échappé aux ravages du typhon lorsque Silver et Richard les avaient assaillis. Il était onze heures cinquante. Ils étaient dans les temps.

« Vous êtes sûr de pouvoir piloter cet engin ? » cria Richard.

Mais le vent emporta ses paroles et il courut vers l'hélicoptère.

« Vous pourrez piloter ça ? » répéta-t-il.

Silver hocha la tête.

« Je pilotais des Aigles Noirs. Des modèles de l'armée. Beaucoup plus gros et plus lourds. Mais ça ne change pas grand-chose. »

Il tourna les yeux vers les portes ouvertes. Dehors, un chariot à bagages fila sur la piste.

« Je peux piloter, mais pas par ce temps ! ajouta-t-il. Rien ne peut voler dans cette tourmente !

— A midi ! cria Jen en brandissant sa montre. Encore dix minutes. C'est ce que Martin a dit...

— Tu crois que le vent sera tombé ? s'exclama Silver avec un rire sans joie. J'ai vu des tempêtes. J'en ai même affronté une sur un rafiot à voiles qui prenait l'eau, avec un bras cassé et une pneumonie. Je connais les typhons, et celui-ci va durer encore une bonne heure. C'est fichu ! Midi demain peut-être, mais pour aujourd'hui, inutile d'y compter ! Nous n'irons nulle part.

— Écoutez ! cria Richard.

— Je n'entends rien, grogna Silver en secouant la tête.

— Le vent, insista Richard en marchant vers la porte. Il est en train de se calmer.

— Vous rêvez.

— Non, il a raison, dit Jen en clopinant vers Richard. Il est moins fort.

— Impossible..., commença Silver.

— Pourtant vous m'entendez, n'est-ce pas ? Avant, vous ne pouviez pas. Le vent se calme. Je ne sais pas comment, mais Martin a réussi.

— Sommes-nous prêts à partir ? demanda Richard.

— Écoutez, grommela Silver, les yeux plissés et le visage crispé. C'est peut-être une accalmie. On est peut-être tranquilles pour un moment. Hé oui, je peux vous faire décoller. Mais si la tempête revient, si elle recommence pendant que nous serons là-haut, je ne pourrai rien faire. Pas de parachutes, pas d'atterrissage de fortune. Nous sommes morts. »

Richard regarda dehors. Le vent avait totalement cessé de hurler. Soudain, tout était silencieux. De l'autre côté de l'aéroport, quelqu'un ouvrit une porte et sortit. Il était trop loin pour en jurer, mais l'homme ressemblait à un policier ou à un garde de l'aéroport, et il y avait d'autres personnes derrière lui. Le groupe se mit en marche vers le hangar.

Richard se retourna vers l'hélicoptère. Il détestait voler. Mais Martin leur avait exposé son plan. Le succès dépendait d'eux.

« Allons-y », décida Richard.

Will avait rattrapé le dragon. Il ignorait comment, mais il sentait, tout au fond de lui, qu'il le contrôlait.

C'était comme si une part de lui-même avait quitté son corps. Or cette part de lui-même était encore à l'extérieur, mais reliée à lui et dépendante de sa volonté. Il n'avait même pas besoin de parler. Tout ce qu'il avait à faire c'était de penser l'ordre, et le typhon s'arrêtait. Martin avait raison. Lui, Will, avait réveillé le typhon. Et il avait trouvé la force de le stopper.

Mais l'effort l'avait épuisé. Le manque de nourriture et l'enfermement avaient déjà affaibli son corps. Il avait usé toutes ses forces à dresser une barrière invisible entre lui-même et le typhon. Mais combien de temps tiendrait-il ? Déjà, il se sentait glisser, comme on glisse dans le sommeil. S'il s'endormait, le dragon reviendrait en force et, cette fois, rien ne pourrait l'arrêter.

« Tu le tiens ? demanda Martin.

— Oui », répondit Will en serrant les dents.

Dix minutes s'étaient écoulées depuis que le calme était revenu et que l'immeuble avait cessé de trembler.

« Et maintenant ? ajouta Will.

— Maintenant, nous allons sortir d'ici.

— Que fais-tu d'Erica Mortiss ? Où est-elle ? »

Le seul fait de penser à elle fit vaciller la

confiance de Will. Il dut fournir un énorme effort pour se ressaisir.

« Elle est très occupée, répondit Martin. Par la tempête. Et peut-être... »

Trois choses se produisirent alors simultanément.

La porte de la salle s'ouvrit.

Une explosion retentit.

Et toutes les lumières s'éteignirent.

19

L'ŒIL DU DRAGON

L'hélicoptère tangua et tournoya au-dessus de la Première Banque Mondiale.

« Je croyais que vous saviez piloter ces engins ! hurla Richard Cole pour essayer de couvrir le bruit des rotors.

— Je sais piloter ! répondit Silver en tirant sur la commande d'inclinaison latérale pour stabiliser l'appareil. Mais il y a trop de vent, et ça ne fait qu'empirer !

— Alors, posez-nous ! »

Silver écrasa les pédales. L'hélicoptère fit une embardée et un demi-tour sur lui-même.

« Qu'est-ce que j'essaie de faire, à votre avis ? »

Jen se pencha en avant et tira sur le bras de Richard.

« Regardez en bas ! »

Une foule de gens s'était massée devant l'entrée principale de l'immeuble de la banque. Une explosion s'était produite quelques instants plus tôt, et maintenant ils se forçaient un passage.

« Le Lotus Blanc ! s'exclama Jen. Ils ont tenu parole !

— Combien sont-ils ? demanda Silver.

— Cinquante, peut-être plus, répondit la jeune Chinoise. De si haut, c'est difficile à dire.

— Ils auront besoin d'aide s'ils trouvent des Transformeurs sur leur chemin, grogna le capitaine.

— Alors posez-nous ! » répéta Richard.

L'hélicoptère tomba comme une pierre, remonta, tourna sur lui-même, et entama sa descente finale sur le toit de la banque.

Une fois éteint l'écho de l'explosion, la salle des coffres était restée dans le noir pendant à peu près une minute. Puis la rampe de néon bleu s'était rallumée, mais moins lumineuse qu'auparavant, comme si quelque chose avait endommagé son alimentation. A ce moment, Edward Tyler s'était déjà approché de la cage, une carte électronique dans une main et une petite boîte noire dans l'autre. Sans un mot, il glissa la carte dans la serrure et la porte s'ouvrit. Will s'était raidi en reconnaissant son père adoptif, mais il n'avait rien dit.

« Comment nous avez-vous trouvés ? demanda Martin.

— Je les ai suivis quand ils vous ont amenés, répondit Edward Tyler en évitant le regard de son fils. Ils ne pensaient plus à moi. Ils n'ont même pas regardé derrière eux.

— Que fait-il ici ? questionna Will d'une voix amère.

— Je t'en prie, Will, dit Edward Tyler en baissant la tête. Je sais ce que je t'ai fait. J'étais fou. Mais crois-moi, je ne te voulais aucun mal.

— Tu as tué Jen.

— Non, Jen est vivante, intervint Martin en aidant Will à se lever. Elle t'attend. Mais si tu veux la revoir, il faut partir d'ici. Tu as toujours le contrôle ?

— Il n'y a plus de tempête. Je l'ai repoussée. »

Will toucha son front. A l'intérieur, il sentait la pression monter. Il éprouvait la même sensation que lorsqu'on cherche à se rappeler des souvenirs très lointains. Par la seule force de son esprit, il avait réussi à calmer le vent, à arrêter la pluie. Mais seulement pour un temps. Toutes les fibres de son corps hurlaient sous l'effort, et il suffisait qu'il ferme les yeux pour que le typhon revienne.

« Plus de tempête ? répéta Edward Tyler. Que veut-il dire ?

— Will a déclenché le typhon, expliqua Martin. Maintenant, il le retient à l'écart. Mais nous devons agir vite. Vous me raconterez ce qui s'est passé en marchant. »

Tous trois quittèrent la cage, Will s'appuyant sur Martin et gardant ses dernières forces pour rester concentré. Au-dessus de leurs têtes, la caméra vidéo s'inclina docilement, mais aucune alarme ne se déclencha et personne n'accourut.

« La banque subit une attaque, expliqua le Trésorier. Un groupe d'hommes et de femmes a envahi le rez-de-chaussée. L'explosion que vous avez entendue était une grenade. Ils ont détruit le générateur principal. L'immeuble fonctionne maintenant sur l'auxiliaire.

— Où sont les Mortiss ? demanda Martin.

— Mortimer, je ne sais pas, mais Erica est en bas, en train d'organiser la défense. Elle a rassemblé les Transformeurs. Mais il y a pire, Martin. Avec le typhon, la ville tout entière est devenue folle. »

Ils venaient de franchir la troisième porte et de déboucher dans un hall obscur, à l'intersection de trois corridors où s'alignaient des portes espacées de façon irrégulière. Face à eux se trouvaient six portes métalliques d'ascenseurs, et une porte vitrée menant à l'escalier de secours. Will serrait très fort le bras de Martin, mais il ne demanda pas l'aide de son père, et d'ailleurs celui-ci ne la lui offrit pas. D'un signe de tête, Edward Tyler désigna l'escalier.

« Nous avons vingt-neuf étages à descendre pour rejoindre vos amis, dit Tyler. Mais je ne sais pas comment vous allez sortir.

— Nous ne descendons pas, le détrompa Martin. Nous allons monter.

— Monter ? Mais vous êtes fous !

— Tout est prévu. A combien d'étages est le toit ?

— Quinze.

— Tu peux y arriver ? s'inquiéta Martin en regardant Will.

— Oui », répondit Will entre ses dents serrées.

Il sentait sa concentration diminuer et ses forces faiblir de minute en minute.

« Mais dépêchons-nous, Martin, ajouta-t-il. Je ne vais plus pouvoir le retenir très longtemps. »

Ils commencèrent l'ascension, Martin et Will en tête, Edward Tyler derrière. Tout en bas, très loin, une deuxième explosion se produisit et un cri inhumain monta dans la cage d'escalier.

« Vite », murmura Will.

Ses paupières se fermèrent. A l'instant même résonna un grondement de tonnerre. Will s'ébroua. Le dragon était toujours là. Seule la force de son esprit pouvait l'endiguer. Il s'agrippa à Martin et se laissa tirer.

Une véritable bataille se déroulait dans l'immense hall de la Première Banque Mondiale.

Les hommes et les femmes rassemblés par le Lotus Blanc avaient forcé les portes, et les gardiens formant la première ligne de défense gisaient dans des mares de sang sur les dalles de marbre. Les assaillants étaient armés de fusils, de couteaux et de toutes sortes d'armes des arts martiaux : bâtons, chaînes, matraques hérissées de pointes. La fumée âcre de la grenade à main flottait encore dans l'air, et des débris jonchaient le sol.

Puis les Transformeurs avaient surgi. Encore dans leur apparence humaine, ils avaient pris position sur les galeries supérieures pour refouler les envahisseurs. Une grêle de lances s'était abattue, suivie d'un arrosage de mitrailleuse plus meurtrier encore. Une demi-douzaine de disciples du Lotus Blanc gisaient sur le marbre froid. Mais d'autres affluaient pour les remplacer.

Erica Mortiss surveillait la scène depuis le premier étage, de son regard glacial et calculateur. Elle n'aurait aucun mal à se débarrasser de ces gens. Ils avaient investi le rez-de-chaussée mais n'iraient pas plus loin. Leur stupidité la fit sourire. Pensaient-ils vraiment atteindre Martin Hopkins par cette voie ? C'était insensé. Un vrai suicide.

Tout à coup, ses yeux se plissèrent. Comment savaient-ils que le garçon avait été capturé ? Par quel moyen l'avaient-ils appris ? A moins que lui-même ne les en ait avertis...

Soudain saisie de peur, Erica Mortiss longea le corridor tapissé de moquette et dépassa une rangée de Transformeurs qui pointaient leurs lances sur les gens massés en bas. Une autre grenade fut lancée, heurta une porte vitrée, et explosa sans blesser personne. Ils ne pourraient pas pénétrer dans la banque par ce chemin. Mais peut-être ne voulaient-ils tout simplement pas entrer dans la banque.

Une diversion...

Erica Mortiss ouvrit brutalement une porte. Deux rangées de téléviseurs de contrôle émettaient des images en noir et blanc. Elle se pencha sur une console et pressa deux boutons. L'un des écrans clignota et l'image de la chambre forte du vingt-neuvième étage apparut. La cage était vide.

Erica Mortiss poussa un grognement, une sorte de cri sauvage à demi étranglé. Puis elle bondit hors de la pièce et se rua vers l'escalier.

La montée devenait de plus en plus pénible.

Ils avaient l'impression de grimper depuis une éternité, et pourtant il restait encore deux étages. Will avançait, à moitié endormi. Seul Martin comprenait l'effort phénoménal qu'il faisait pour retenir le typhon à l'écart de Hong-Kong. Sa résistance était même incroyable.

Ils franchirent un autre palier. Edward Tyler ne cessait de surveiller ses arrières, effrayé à l'idée d'être découvert. Enfin, la porte donnant sur le toit apparut devant eux. Le simple mot HÉLIPORT était peint dessus en lettres rouges. Une barre permettait de l'ouvrir de l'intérieur. Martin l'atteignit et poussa. L'air vif s'engouffra dans l'escalier.

« Martin ! »

Jen l'aperçut la première. L'hélicoptère était dangereusement posé près du bord du toit, sur une plate-forme surélevée marquée d'une croix jaune. Les pales continuaient de tourner. Le capitaine Silver se tenait aux commandes, visiblement impatient de décoller. Il sentait le vent fouetter la vitre du cockpit. Et le vent gagnait en puissance. Si le typhon retrouvait sa vigueur, jamais ils ne pourraient quitter le toit.

Pour l'instant, ils étaient dans l'œil du typhon. Quand Will mit le pied sur le toit, il eut l'impression de tenir la tempête dans le creux de sa main. Et tout à coup, il prit conscience de ce qu'il avait fait. Il n'avait pas repoussé la tempête. Il l'avait manœuvrée de manière à ce que l'œil du typhon, qui mesurait environ cinquante kilomètres carrés, se place au-dessus de la ville. S'il relâchait son contrôle, le typhon se déplacerait. Et, cette fois, les vents fileraient dans la direction opposée avec une puissance redoublée. La vue de Jen lui redonna courage. Elle se trouvait à moins de trois mètres de lui. Il lui suffisait d'atteindre l'hélicoptère, et ils pourraient décoller. Un vol rapide jusqu'à Macao. C'était possible.

« Je suis désolé, Will », dit Edward Tyler.

Le Trésorier s'était arrêté pour reprendre son souffle, le dos contre la porte. Will se tourna vers lui. Il vit son père basculer en avant. Un objet long et argenté était planté dans sa nuque. Une aiguille à tricoter. Jen poussa un cri. Martin fit volte-face. Erica Mortiss venait de surgir sur le seuil de la porte.

Will se sentit défaillir. Un instant, il perdit le contrôle. Le capitaine Silver poussa un juron : l'hélicoptère, fouetté par une bourrasque de vent, dérapa vers le bord du toit. Un coup de tonnerre éclata. Une pluie soudaine s'abattit. La tempête se déchaînait à nouveau.

« Pas maintenant, Will ! cria Martin. Encore quelques minutes ! »

Will parvint à se ressaisir. Le typhon était devenu pour lui une créature vivante. Il pouvait presque voir ses dents mordre le ciel, et sentir ses griffes sur son visage. L'œil du dragon le fixait, le mettant au défi de le libérer. Will banda tous ses muscles et se maîtrisa.

« Recule ! murmura-t-il. Éloigne-toi ! »

Erica Mortiss s'avança sur le toit.

Elle avait perdu une aiguille à tricoter, mais tenait toujours l'autre. Elle arborait enfin le fruit de son ouvrage : une écharpe grise de plusieurs mètres de long, enroulée autour de son cou comme un serpent. L'une des extrémités effleura le corps du Trésorier quand elle l'enjamba pour avancer vers Will et Martin.

« Eh bien, eh bien ! ricana-t-elle. Nos deux oiseaux allaient s'envoler, on dirait. Et sans prendre congé de tante Erica ! »

Tout en marchant, Erica Mortiss fendait l'air de son aiguille à tricoter.

Dans l'hélicoptère, Silver poussa un juron. Il avait saisi le poignet de Jen pour la forcer à rester assise. Une nouvelle rafale de vent ébranla l'hélicoptère et le poussa de plusieurs centimètres, au point que l'un des patins dépassa du bord de la plate-forme. Encore quelques centimètres, et l'engin tout entier basculerait dans le vide. Martin et Will n'étaient plus qu'à une dizaine de mètres. Erica Mortiss approchait rapidement d'eux, mais ils continuaient d'avancer vers l'hélicoptère.

C'est alors que Richard bondit.

« Montez vite ! cria-t-il. Emmenez-les ! ajouta-t-il en se retournant vers Silver.

— Non ! » dit Martin.

Trop tard. Richard l'avait déjà dépassé pour courir au devant d'Erica Mortiss. Un morceau de bois de la taille d'une batte de base-ball s'était détaché du toit, Richard s'arrêta pour le ramasser. Quand il se redressa, Erica Mortiss était déjà sur lui. L'aiguille frôla la nuque, mais la pointe lui écorcha seulement la peau. Il fit face à la furie, s'interposant entre elle et Martin.

« Écartez-vous de mon chemin, grinça-t-elle en retroussant ses lèvres.

— Essayez donc de m'y forcer ! »

Richard brandissait son morceau de bois à deux mains et la harcelait en tournant autour d'elle. Du coin de l'œil, il surveillait l'hélicoptère. Jen était descendue du cockpit pour aider Martin et Will à y grimper.

Erica Mortiss pointa son aiguille. Richard abattit son morceau de bois et la heurta au bras. L'aiguille tomba à terre et roula sur le toit.

Will était dans l'hélicoptère, Jen près de lui. Martin se trouvait moitié dehors moitié dedans, attendant son ami.

« Ça va ? cria Silver.

— Je suis en train de le perdre ! Je ne peux plus le retenir ! » gémit Will d'une voix tendue et désespérée.

Une rafale de pluie balaya le cockpit. On ne voyait plus rien. Jen poussa un cri de détresse.

L'hélicoptère vacilla sur le bord de l'immeuble.

« Richard ! » cria Martin.

Erica Mortiss se jeta sur le journaliste, les mains en avant pour chercher sa gorge. Tous deux roulèrent à terre.

« Il faut que je décolle ! rugit le capitaine Silver. Je ne peux plus attendre ! »

Il tira sur ses manettes. Les rotors vrombirent et prirent de la vitesse.

« Richard ! »

Martin voulut sauter au secours de son ami, mais le capitaine l'immobilisa.

« Trop tard ! »

L'hélicoptère quitta la plate-forme.

Erica Mortiss avait récupéré son aiguille. Juchée sur Richard, elle avait une main sur la gorge du jeune homme, et de l'autre brandissait l'aiguille au-dessus de lui. De sa main gauche, Richard lui maintenait le poignet. Son autre main était libre. Du coin de l'œil, il vit l'hélicoptère s'élever, et réalisa avec horreur qu'ils partaient sans lui.

Le dragon. Will était en train de faiblir. L'œil commençait à se déplacer. Le capitaine Silver jura, sentant l'hélicoptère faire un bond de côté et descendre. Ses rotors se trouvaient maintenant au niveau du toit, à quelques mètres à peine de Richard et d'Erica Mortiss.

Martin se pencha à l'extérieur.

« Son écharpe ! » cria-t-il à l'adresse de Richard.

C'est à peine si Richard entendit. L'aiguille était à quelques centimètres de sa gorge, et il commençait à suffoquer. Dans quelques secondes, il perdrait connaisance. De sa main libre, il tâtonna et rencontra un morceau de laine. L'écharpe. Elle s'était presque entièrement déroulée pendant la lutte. Avec l'énergie du désespoir, Richard parvint à la rouler dans sa main. Les pales de l'hélicoptère étaient toutes proches. Il jeta la boule de laine aussi haut qu'il put.

Les pales agrippèrent l'écharpe et l'enroulèrent à une allure vertigineuse. En une seconde, Erica Mortiss fut arrachée de Richard. Malgré le bruit des rotors, il entendit nettement le craquement de sa nuque qui se brisait. Le corps d'Erica Mortiss devint tout mou et s'affaissa. L'écharpe fut déchiquetée par les pales de l'hélicoptère, et des flocons de laine grise retombèrent sur le toit.

« Encore quelques minutes, Will », supplia Martin.

Étourdi, Richard se releva. L'hélicoptère se trouvait toujours au niveau du bord du toit, mais à deux mètres de lui. La porte était ouverte, et Martin, accroupi devant, lui criait quelque chose. Mais Richard n'entendait rien.

« Allez, s'encouragea-t-il à mi-voix. Dix contre un que je saute dedans. »

Il prit son élan et sauta.

Ses pieds quittèrent le bord du toit et, l'espace d'un instant, il resta suspendu dans le vide, avec quarante-six étages au-dessous de lui. Mais ses mains rencontrèrent le patin de l'hélicoptère. Silver mit les gaz, et l'engin s'éleva, emportant le journaliste avec lui.

Martin hissa Richard à bord de l'appareil et referma la porte. Richard sourit et s'évanouit.

Ils gagnèrent Macao en volant dans une minuscule bulle de temps calme, alors que la tempête faisait rage autour d'eux. Will avait juste assez de force pour protéger l'hélicoptère. Le dragon avait décidé de l'épargner, mais il était resté pour dévorer Hong-Kong.

Le vent changea de direction et se rua sur la ville avec une force redoublée. Rien n'y échappa. En quelques instants, le quartier des boutiques et des restaurants de Kowloon se transforma en une zone dévastée, jonchée de gravats et de verre brisé. Des incendies se déclarèrent dans trois secteurs de la ville, mais furent éteints par le raz de marée provoqué par la tempête. Dans le port d'Aberdeen, les jonques et les sampans s'entrechoquèrent dans une sorte de folie frénétique, et furent déchiquetés comme des boîtes d'allumettes. Toutes les fenêtres de la ville volèrent en éclats et les gratte-ciel furent réduits à des carcasses métalliques. L'eau engloutit de nouveau les rues. Des murs vacillèrent et s'effondrèrent. Le flot charriait des réverbères, des pylônes et des panneaux de signalisation.

Dans la salle de conférence du quarante-sixième étage de la Première Banque Mondiale, Mortimer Mortiss se força à regarder par la fenêtre. Il avait échoué. Erica Mortiss, sa tendre épouse, était certainement morte. Pourtant, il riait. Sa grosse tête oscillait de droite à gauche.

D'un instant à l'autre l'immeuble s'écroulerait et il périrait enseveli, mais cela n'avait plus d'importance. L'important, c'est qu'il s'était trompé. Pendant toutes ces années, il avait eu peur des bateaux sans aucune raison. Ce n'était pas un bateau qui allait le tuer. Il allait mourir sur la terre ferme.

Cependant, le dragon avait réservé le plus fort de sa rage pour la banque et les créatures qui la dirigeaient. Le *Ferry Star*, qui était ancré depuis le matin tout au fond du port, venait d'arracher ses amarres sous la poussée de la houle. Il fut soulevé sur une montagne verte, presque noire. Puis le vent le propulsa en avant.

Mortimer Mortiss le vit arriver. Le vieux navire semblait voler à sa rencontre.

« Noooooon.... ! » gémit Mortiss.

Énorme à présent, le bateau continua d'avancer, se dirigeant droit sur lui.

Le ferry percuta le quarante-sixième étage de la Première Banque Mondiale et explosa. Jaillissant de ses flancs, les flammes eurent tôt fait d'embraser tout l'immeuble.

Alors, seulement, le typhon daigna se calmer et refluer dans la mer de Chine.

Alors, seulement, le dragon se rendormit.

20

LE CERCLE

Deux jours plus tard, Martin était assis sur le balcon de la maison de Macao et contemplait le soleil en train de sombrer derrière l'horizon. Il n'était pas seul. Le Hsien venait d'arroser ses rosiers qui, bien que malmenés, avaient survécu à la tempête.

« Comment va Will, aujourd'hui ? s'enquit le vieillard en s'asseyant près de Martin.

— Mieux. Mais il se reproche encore ce qui est arrivé. »

Martin frissonna malgré la douceur du soir. Combien de gens avaient péri dans le typhon ? Des centaines ? Des milliers ? Depuis quarante-huit heures, l'aide internationale affluait dans la colonie, mais il faudrait des semaines avant de connaître le bilan exact des morts et des blessés. On continuait de retirer des corps de sous les décombres. Les dégâts se chiffraient par millions.

Et Will se sentait responsable. Il avait réveillé le dragon. Il l'avait libéré.

« Pouvez-vous l'aider ? demanda Martin.

— Il ne doit pas se faire de reproches, dit le Hsien. Will n'a pas créé le dragon. Le dragon était là avant, qui attendait. Ce sont les Anciens qui ont provoqué le typhon, pas Will.

— Ce n'est pas ce que je voulais dire, rectifia Martin en se frottant pensivement le bras, car son ancienne blessure le faisait de nouveau souffrir. Lorsque j'ai escaladé l'échelle aux épées, je suis entré dans une sorte d'hypnose. Je suis remonté dans le passé, dans l'histoire de la Chine, et j'ai vu un temple et un incendie. Cinq hommes se sont échappés. J'ai aussitôt compris qui ils étaient. Il s'agissait des Cinq Ancêtres, les fondateurs des Triades. Quatre d'entre eux étaient les Hsiens de la Cité Murée, précisa Martin en levant les yeux. Vous étiez le cinquième. Vous êtes Han Shan-Tung.

— Ainsi, tu as deviné, Martin, murmura le Hsien.

— Oui. Vous étiez plus jeune, alors, sourit Martin. Après tout, cela se passait il y a environ six cents ans ! Mais j'ai remarqué la ressemblance. D'abord j'ai cru voir Will. Mais c'était vous. Vous étiez exactement comme lui.

— Ainsi le cercle est complet, soupira le Hsien. Oui, Martin, je suis l'un des Cinq Ancêtres. Will est mon fils.

— Pourquoi l'avez-vous abandonné ?

— J'avais peur », avoua le Hsien en fermant les yeux.

Quand il les rouvrit, un grand poids sembla tomber de ses épaules et, soudain, Martin comprit que le vieil homme allait mourir, qu'il voulait mourir depuis longtemps, mais qu'il ne le pouvait pas avant d'avoir livré son secret.

« J'ai su qui était Will dès qu'il est né, poursuivit le Hsien. L'un des Cinq, comme moi. Mais c'était un autre groupe, et un autre combat. Je savais tout sur les Anciens, et je connaissais son pouvoir. J'avais peur pour lui, Martin. Pour lui et pour moi. Je savais qu'ils viendraient le chercher, et j'ai décidé de le cacher. Je l'ai fait déposer devant un orphelinat. Ainsi, il n'aurait ni nom ni passé, et les Anciens ne pourraient jamais le retrouver. Je t'ai dit un jour que je pouvais voir l'avenir, mais pas le changer. C'est la seule fois où j'ai essayé. Et j'ai échoué.

— Pourquoi ne le lui avouez-vous pas maintenant ? demanda Martin.

— Crois-tu qu'il me pardonnerait ? Il a été trahi non par un père, mais par deux.

— En ce moment, Will a besoin de vous. »

Han Shang-Tung pesa un moment sa remarque. Puis, lentement, il se leva.

« Je vais aller lui parler », dit-il.

Le capitaine Silver partit le lendemain matin.

« On m'a parlé d'une jonque à vendre à Nankin. Une affaire à saisir. Il y a probablement quelques réparations, mais on verra bien.

— Nankin ? s'exclama Richard. Mais c'est en plein milieu de la Chine ! Et à environ trois cents kilomètres à l'intérieur des terres. Je me demande ce qu'une jonque fait là-bas ?

— Elle m'attend, dit le capitaine en serrant la main de Martin. Si tu as besoin de moi, je serai là, promit-il.

— Nous nous reverrons, dit Martin.

— Veillez sur lui ! grogna le capitaine en donnant une bourrade à Richard. C'était drôlement habile de votre part, de briser le cou de cette horrible femme et ensuite de sauter dans l'hélicoptère.

— Je préfère oublier ça », gémit Richard.

Silver souleva Jen et l'embrassa sur les deux joues. Puis il jeta son sac de marin sur son épaule et s'éloigna dans la rue en sifflotant.

Jen, Martin et Richard attendirent de le voir disparaître avant de rentrer dans la maison du Hsien. Martin regarda Jen. Il avait discuté avec elle et savait que, son oncle étant mort, elle restait seule au monde. Mais elle était devenue presque une sœur pour Will, et Martin se demandait si elle les accompagnerait pour la prochaine étape de leur voyage.

« Et maintenant ? demanda Jen comme si elle lisait dans ses pensées.

— Will et moi, devons aller au Pérou. Nous sommes cinq, désormais. Nicholas et Jeremy, Pedro, Will et moi. Le Cercle est complet. Nous pouvons anéantir les Anciens une fois pour toutes.

— A t'entendre, ça a l'air facile, dit Richard.

— Ils essaieront de nous arrêter, admit Martin. Mais ils n'ont pas encore réussi, et maintenant nous savons qui nous sommes. Les Cinq se sont trouvés. »

Will apparut en haut des marches. Il marchait à côté de son véritable père. En l'espace de douze heures, Will avait changé. Il se tenait droit. Son visage avait retrouvé des couleurs. Il souriait. Martin savait qu'il avait commencé à accepter ce qui s'était passé, et à comprendre son rôle dans les événements.

« Martin ! appela Will en courant vers lui. Quand partons-nous ?

— Cet après-midi.

— Je suis impatient de rencontrer les autres.

— Ça peut prendre plus longtemps que tu ne

penses. On ne peut pas juste sauter dans un avion. Ils continuent de nous rechercher.

— Oh non, gémit Richard, pas encore la Chine ! Les bus, les trains, et tout le reste !

— Je crains bien que si.

— Alors, je ferais bien d'aller le chercher, marmonna Richard en s'engageant dans l'escalier.

— Chercher quoi ? s'étonna Will.

— Le panda en peluche, bien sûr ! lui répondit Martin. Tu croyais vraiment que Richard allait l'abandonner ? »

TABLE

IMPRIMÉ EN FRANCE PAR BRODARD ET TAUPIN
Usine de La Flèche, 72200.
Dépôt légal Imp : 6957G-5 – Edit : 3702.
20-06-8378-02-0 – ISBN : 2-01-017313-9.
Loi n° 49-956 du 16 juillet 1949 sur les publications destinées à la jeunesse.
Dépôt : avril 1993.